PSYCHO'PAT

Attention ! Ceci est une fiction. Toute ressemblance avec des faits réels ou toute situation qui vous évoquerait un souvenir, aussi lointain soit-il, ne serait que pure coïncidence. Tout ce que vous pourrez lire dans les prochaines pages a été inventé de toute pièce et ne serait retracer une quelconque réalité.

Maintenant que vous êtes bien installés sur votre fauteuil, votre canapé ou encore tout simplement sur votre lit, la tête bien calée sur l'oreiller, je vous laisse assister à cette histoire. Pour ceux qui ont des lunettes, nettoyez-les bien car vous risquez de ne pas les déchausser avant un bon moment. Attention cependant ! Un lecteur avisé en vaut deux. Vous pourriez assister à des scènes d'une rare violence voire lire des propos inhabituels dans un romain digne de ce nom. Dans ce cas, si vous vous sentez importunés voire oppressés, un conseil : respirez bien fort. Au cas où vous auriez des crampes aux abdominaux, simple résultante de spasmes jubilatoires, ça peut arrivez quand on n'est pas habitué, même remède : une bonne respiration. Dernière recommandation et non des moindres, si vous êtes victime d'hallucinations ou de rêves étranges, inutile de consulter, ça fait partie des effets secondaires constatés par certains médecins depuis que cet ouvrage a été édité. Ne vous inquiétez pas, cela ne dure pas longtemps généralement.

Je ne vous retiens pas plus longtemps. Bonne lecture.

Le monde est-il devenu si absurde qu'il faille en détourner la réalité du quotidien ?

J'avais pris le temps le matin et j'avais appelé mon médecin pour prendre un rendez-vous. Pour une fois j'avais de la chance, il avait pu me prendre le soir même.

— Alors docteur ?

— Vous me dites que ça fait à peu près un mois, hum…je vais vous envoyer passer une IRM comme ça on en aura le cœur net mais ne vous inquiétez pas outre mesure, vous savez, arrivé à un certain âge on a tous nos petits tracas.

Trois semaines plus tard j'avais passé mon examen, on m'avait décelé une hernie discale. J'étais encore jeune, contrairement à ce que semblait dire mon médecin, mais je n'avais pas de temps à perdre avec ces bêtises. Les arrêts maladie, c'était pour les fainéants. On ne s'arrêtait pas quand on aimait son travail, même si parfois on en avait plein le dos.

Nous sommes à la Réunion. C'est bientôt la fin du mois de juin, il fait une chaleur étouffante et je ne vous parle même pas des odeurs environnantes. Musc, vanille, violette d'une autre époque, dessous de bras... Tous les ans, à la même période, la Direction nous réunit, c'est sa façon à elle de nous montrer sa gratitude et de nous remercier.

— *Vos efforts ne seront jamais vaincs ! Nous sommes une grande famille. En tant que capitaine de notre navire, je n'ai qu'un mot à vous dire : Gardons le cap !*

Tout le monde applaudit. Quelle éloquence ! Manager ça ne s'improvise pas. Il a fier allure notre Boss dans son costume bleu marine. Nous on pense surtout au repas de gala qui va avoir lieu pour clôturer cette session. Chaque année c'est de plus en plus grandiose, tous les responsables sont là, sur leur trente et un. Il n'y a plus de hiérarchie. La secrétaire du pôle achats parle au Directeur de la communication, le Responsable comptable parle à la stagiaire du service qualité, La Directrice des Ressources Humaines parle à la standardiste, tout le monde est heureux. Avec un peu de chance, cette année encore, on aura le droit à la visite d'une attraction locale au pas de course. Et oui, non seulement notre temps est compté mais il est précieux !

Nous regardons tous dans la même direction, celle de la mer. Elle est particulièrement agitée cette année. Tous les ans, c'est le même spectacle. On nous projette à peu près les mêmes images. Celles d'un bateau qui vogue sur l'eau.

C’est pour illustrer de façon concrète les propos tenus par la Direction, des fois qu’il y en aurait qui n’aient pas bien compris.

Enfin quand je dis que nous sommes à la Réunion, vous aviez bien compris que c’est de la Réunion annuelle dont je vous parle et non pas de l’île de la Réunion. Si j’ai mis une majuscule à ce mot ce n’est pas pour vous induire en erreur mais parce-que c’est la Réunion, celle qu’on ne manquerait pour rien au monde. La réunion avec un grand R, celle qui fait saliver ceux qui n’ont pas l’honneur d’y assister, les petites gens indignes. J’aime bien mettre des majuscules aux mots quand le sujet ou la personne est importante. Ça met les choses en valeur. Et chez nous ce n’est pas un euphémisme.

L’île de la Réunion ? Non, franchement vous y avez cru, il ne faut pas exagérer non plus ! Vous m’imaginiez déjà avec la paille dans le cocktail, avec les petits grains de sucre sur le rebord du verre, allonger sur mon transat, les lunettes de soleil sur le nez, le torse cuivré par les bienfaits du soleil !

Non non, je ne vous parle pas de vacances, mais de travail.

Rien dans la nature ne pourrait être fertilisé sans les insectes...

LE BUG DE L'AN 2000

Le passage informatique à l'an 2000 avait suscité de sérieuses inquiétudes à cause de problèmes de conception et donc de programmation portant sur le format de la date dans les mémoires des ordinateurs et, par conséquent dans les matériels informatiques, ainsi que dans les logiciels. Toutes les sociétés avaient été prévenues suffisamment tôt pour pouvoir anticiper ce phénomène. L'apocalypse ou presque, selon les médias. Finalement, après plusieurs milliards dépensés et une psychose mondiale, il ne s'était strictement rien passé.

Fin 1999, notre présidence nous convoquait pour nous informer de son départ en retraite. Pour l'occasion, elle nous avait rassemblés dans une grande salle de réunion et nous avait fait un discours émouvant.

— Chers amis, car oui vous êtes bien plus que des collaborateurs, vous êtes devenus au fil du temps nos amis, si nous avons tenu à tous vous voir aujourd'hui, c'est pour vous faire part de notre départ. Jean-Pierre, mon associé, et moi-même avons décidé de vendre notre société à des investisseurs externes.

La nouvelle fit l'effet d'une bombe. Nous nous regardions tous, sonnés après la déflagration provoquée par cette information.

— Mais ne vous inquiétez pas ! Nous nous sommes assurés de la pérennité de vos postes, il n'y aura pas de suppression d'emplois.

Ouf de soulagement, tout le monde avait retrouvé le sourire.

— Nous avons récemment rencontré Monsieur Lacaze, la personne qui prendra la présidence du groupe à compter de l'année prochaine et nous pouvons vous dire qu'il nous a fait une forte impression. Issu des plus grandes écoles, il possède une multitude de diplômes, que ce soit en management, en finances ou encore en ressources humaines. Je suis sûr qu'il saura faire prospérer notre groupe, que dis-je, Votre groupe, bien au-delà de ce que nous pouvons imaginer. Nous avons décelé en lui un visionnaire, il a su nous convaincre de ses aptitudes naturelles à diriger une équipe, quel qu'en soit la taille. Comme vous pouvez le voir, nous vous laissons donc dans de bonnes mains. Nous avons cherché à combiner les intérêts de tous et nous pouvons êtes fiers de notre choix.

Ceux qui, il y a encore un quart d'heure, étaient critiqués pour leurs méthodes de management, allaient devenir au cours des prochaines années la référence, le fameux « au bon vieux temps », dont les anciens feraient l'éloge à qui voudrait bien l'entendre.

Quelques larmes furent versées, preuve du regret naissant, un peu de bulle célébra la nouvelle et tous attendraient maintenant l'arrivée de l'enfant prodige.

Il arriva le 3 janvier 2000 dans une superbe voiture, qui avait dû être neuve, un jour, quelques décennies plus tôt.

Une porte d'ascenseur se referme. Un soulier verni fait irruption et bloque la porte avec autorité. A l'autre bout du soulier, un doigt se déploie et appuie sur un bloc de commandes. Sur le bouton du haut il est inscrit « Direction ». Le pourtour du bouton s'illumine. L'élévateur commence alors son ascension. Une musique de fond, comme programmée par une main divine, scande un hymne de circonstance. Le soulier verni bat timidement la mesure au rythme des paroles d'un slameur, Grand Corps Malade.

« Je t'admire intensément, je suis ton parcours en secret.

Je veux t'écrire depuis longtemps et, cette année, je me sens prêt, c'est pas facile, tu m'impressionnes par ton charisme, c'est bien toi le plus grand. Tu marches fièrement dans ta ville où tout l'monde te voit comme un roi. Patrick, Patrick... ».

Le propriétaire de ces souliers sort de l'ascenseur, un cartable en cuir à la main, et entre dans un bureau. Il jette avec nonchalance son pardessus en moleskine sur une chaise qui se trouve face à lui et s'approche d'une baie vitrée qui donne sur un parc arboré en contrebas. Son costume sombre lui donne un air de croquemort. Sur la poche intérieure de son costume, une étiquette de soie blanche sur laquelle est brodée une marque de luxe, signe discret d'appartenance à une élite. Machinalement il desserre son nœud de cravate, une cravate reçue en cadeau il y a plus de trente-cinq ans. C'était le jour du bac. Il la porte encore aujourd'hui comme une relique sacrée.

Il se demande encore comment il a pu être retenu pour prendre la tête de ce groupe. Il y a quelques mois encore il était au placard au fin fond de la Colombie et vendait des containers de bananes aux européens, mais aujourd'hui il ne doute plus de ses capacités, il va leur montrer à tous de quoi il est capable. Patrick est dans la place.

Ce que nous ne savions pas encore ce jour-là, c'est que nous aussi nous serions victimes du bug de l'an 2000. Malheureusement, aucun média ne nous avait avertis du séisme que celui-ci provoquerait dans nos vies. Contrairement aux ordinateurs, aucun patch n'avait été mis à notre disposition pour nous prémunir des risques encourus.

L'insecte* venait d'entrer dans notre quotidien. Il allait piquer çà et là pour se nourrir et grossir jour après jour. Son virus se propagerait, lentement, à travers tous les services. Nous allions devoir nous adapter et fabriquer nos propres anticorps pour continuer d'exister. La lutte ne serait pas de tout repos.

**Bug en anglais*

QUE LE SPECTACLE COMMENCE !

Je ne sais pas pourquoi mais j'ai toujours cette douleur lancinante dans le bas du dos, c'est pénible à la longue. Il va falloir que je songe à consulter à nouveau un spécialiste. Certainement le stress ! Il faut dire qu'actuellement j'ai ma dose de sensations fortes. Au bureau c'est un vrai foutoir. Des démissions, en veux-tu en voilà, tout le monde ne parle plus que d'une chose : mettre les voiles. Pour une société qui a longtemps misé sa communication sur le thème de la mer on ne peut pas dire qu'elle se soit trompée !

Moi, c'est Alex. Alexandre Deschamps. Célibataire endurci, ça fait une bonne quinzaine d'années que je travaille pour l'European Grup Soclean, une société de nettoyage implantée à Angoulême, qui déploie ses forces vives à travers toute l'Europe. Le leader incontestable du nettoyage ! Comme aime si bien le répéter le Président du groupe, notre savoir-faire est reconnu de tous. Clients, fournisseurs, administrations, nul ne peut ignorer notre présence. Nous sommes indispensables ! Et ne croyez pas que nous allons nous abaisser à faire du nettoyage de bas étages, ce genre d'actes insignifiants, nous, nous ne faisons que dans le haut de gamme, nous sommes des chirurgiens esthétiques qui officient dans des locaux high-tech et même dans les plus beaux palaces des capitales européennes. Mais au lieu d'opérer des corps pour les magnifier ou les rendre plus acceptable (selon les pathologies rencontrés), nous embellissons les espaces. Nous créons du bonheur. Nous sommes des virtuoses du balai, de la mono-brosse et de la raclette. Le nettoyage bas de gamme ce n'est certainement pas pour nous, c'est pour la concurrence. Ceux qui n'ont pas la chance d'avoir à leur tête un capitaine expérimenté comme le nôtre, un vrai serial killer, un manager hors pair, ne peuvent forcément pas lutter.

Je travaille au service contrôle de gestion et avec le recul je ne suis pas peu fier d'en être devenu le responsable. Au début, j'avais commencé comme simple assistant et on ne m'avait donné que des travaux sans intérêt, jusqu'au jour où j'avais pu approcher Dieu en personne.

Il avait une secrétaire de direction qui filtrait en permanence ses appels téléphoniques et ses demandes de rendez-vous.

— Non, je vous dis. Monsieur Lacaze n'est pas disponible. J'aimerai pouvoir vous donner une confirmation mais je ne peux pas vous dire dans l'immédiat quand il pourra vous recevoir. Rappelez-moi en fin de journée, je verrai ce que je peux faire.

Pauvre Pascale ! Elle se prenait pour le centre du monde alors que son travail ne consistait finalement qu'à passer les plats, et surtout à les essuyer.

Pascale Emery, toujours tiré à quatre épingles, femme d'un colonel de l'Armée de Terre et aussi psychorigide que lui. Petite bonne femme d'un mètre cinquante, montée sur des escarpins qui picoraient le sol en permanence. Elle aimait se donner de grands airs et vous apostrophait avec l'éloquence d'une bourgeoise du 17ème. Je vous parle du siècle et non pas de l'arrondissement. Elle avait dû travailler des heures et des heures devant un miroir sa façon de s'exprimer pour arriver à faire autant de mimiques, ce qui ne la rendait que plus pathétique.

Je me souviens de mes premiers mois chez EGS. Mon responsable s'était absenté quelques jours pour des congés, certainement bien mérités, et m'avait laissé des éléments de reporting à envoyer à la direction. J'avais donc transmis ceux-ci en toute confiance, apparemment il ne restait plus que de la cosmétique à faire sur la mise en page. J'avais donc tout bien vérifié, les encadrés, les double-traits, j'avais élargi les colonnes pour supprimer les ## qui s'étaient invités à la place des chiffres, mis des NS à la place des DIV/0, bref tout était nickel. Quelques jours plus tard j'avais eu la mauvaise surprise de me voir remettre un courrier en main propre. Il m'était reproché d'avoir transmis des données erronées.

— *Vous comprendrez aisément, Monsieur Deschamps, que des données transmises au Comité de Direction* (le fameux codir !) *ne sauraient souffrir d'erreurs de quelque nature que ce soit.*

J'avais été déstabilisé par ce courrier puis peu de temps après, en passant devant le bureau de madame Emery, connexe à celui, toujours fermé, de notre dirigeant, je m'en étais entretenu avec elle.

— Bonjour Madame Emery, quelle belle journée ! J'espère que vous avez passé une bonne matinée.

Il fallait toujours lui faire quelques courbettes pour entrer dans ses bonnes grâces.

— Bonjour Monsieur Deschamps. Vous m'avez l'air bien jovial aujourd'hui, vous avez raison, il faut toujours se montrer souriant. Regardez, moi, toujours d'attaque !

— Pour tout vous dire, Madame Emery, je suis un peu étonné du courrier que vous m'avez envoyé la semaine dernière, ça ne fait que quelques mois que je suis là et cette façon de faire m'a fortement surpris.

Elle eut alors cette réponse que je n'oublierai jamais.

— Monsieur Deschamps, imaginez la chance que vous avez de travailler pour nous, il n'est pas dit à tout le monde d'intégrer notre Groupe. Si vous saviez combien de personnes seraient prêtes à recevoir ce type de courrier juste pour le plaisir de LE côtoyer. Si vous n'acceptez pas ce genre de courrier, c'est que vous n'êtes pas fait pour travailler avec nous.

Je ne m'en étais pas rendu compte sur le fait mais avec le recul, bien des années plus tard, je m'étais dit que cette femme devait idolâtrer celui dont elle avait la chance d'ouvrir la porte tous les jours, parfois juste pour lui apporter son café ou son jus de fruit.

Notre président, c'est Patrick Lacaze. Grand brun, élancé à la limite de la maigreur, originaire du pays basque, il a tout vu, tout fait et est au courant de tout. Un vrai sonar. Rien ne lui échappe. Vous pouvez lui parler de n'importe quel sujet, politique, économie mondiale, cuisine, sport..., il n'est jamais pris au dépourvu et a toujours un avis sur tout. Il a également toujours une relation très haut placée, souvent au ministère, en référence au sujet traité. C'est simple, tout le monde envie son intelligence, sa culture et surtout son carnet d'adresse.

Il a deux passions dans la vie : la course automobile et le bateau. Au début, ça ne m'avait pas frappé. Il venait parfois au bureau avec une vielle Mercedes des années 70, ce véhicule me faisait plutôt penser à un véhicule de manouche. J'avais du mal à imaginer un dirigeant de son rang circuler dans ce type de véhicule mais j'appris avec le temps qu'il avait du mal à se séparer des vieilleries devenues inutiles et je compris encore bien plus tard que c'était là son véritable talon d'Achille. Cette vieille voiture, aussi insignifiante qu'elle y paraissait, symbolisait à elle seule le mal-être de celui qui nous dirigeait.

Je me souvins alors d'une phrase de Philippe Besson, qui dans un de ses romans " Se résoudre aux adieux " disait à peu près ceci : *Les gens qui ne sont pas capables de jeter, qui hésitent à se séparer de vieilleries qui ne leur sont d'aucune utilité sont d'incurables nostalgiques que le passé entrave.*

Trois ans, presque jour pour jour, après l'épisode du courrier, je fus amener à LE rencontrer. Je n'avais jamais eu auparavant l'occasion de le croiser, ne serait-ce qu'une seule fois. Il faut tout de même vous préciser que mon bureau était au niveau de celui des grouillots, des travailleurs de l'ombre, alors que le sien était quelques étages plus-haut.

Ce jour-là j'étais dans l'ascenseur, en pleine conversation avec Guilhem un collègue du service comptabilité lorsqu'un homme vint nous rejoindre dans notre ascension. Sur le coup je n'y prêtais pas une attention particulière et continuais mon conciliabule. Guilhem semblait mal à l'aise. Il donnait de petits coups de tête sur le côté pour m'inviter à regarder dans la direction qu'il m'indiquait. Je suivais donc son conseil et constatais que la personne sur notre droite était en pleine lecture de son quotidien. Et alors ? Je haussais les épaules et repris ma conversation là où je l'avais laissée. Guilhem fronça les sourcils et renouvela ses mouvements de tête.

Il commençait à me gonfler sérieusement celui-là ! Je pris alors le temps de bien détailler l'anonyme qui était à nos côtés. Sa tête me disait vaguement quelque-chose. Surtout ces épais sourcils dont les bouts pointaient en l'air à la manière de la moustache de Salvador Dali. Mes méninges s'actionnèrent un instant tel des engrenages qui pressent une masse importante d'informations pour les réduire et les synthétiser à l'extrême. J'obtins un résultat détonnant. Nous étions en Sa présence.

Je ne savais plus comment me comporter. Je me sentais l'âme d'une midinette en présence de sa Rockstar, un gamin des favelas devant le roi Pelé, le Gollum devant son Précieux. Je ne pouvais même pas dire de cette situation que je l'appréhendais car il ne m'était jamais venu à l'esprit la possibilité de l'entrevoir. Devais-je faire une révérence ou une légère inclinaison du buste à la manière d'un salut nippon ? Je n'en savais trop rien.

Je fis finalement la chose la plus stupide qu'il ne m'a jamais été donné de faire. Sous les yeux grands ouverts de Guilhem, surpris par autant d'audace, je lui tendais une main franche et me présentais :

— Alexandre Deschamps. Service contrôle de gestion.

Ma main resta en suspend un long moment à la recherche de la sienne. Le temps se figea un instant tant l'attente me sembla longue. Une poignée de secondes s'écoulèrent, aussi lentement qu'un goutte à goutte. Je le sentis tout d'abord gêné, un léger rictus flottait sur son visage, un léger tremblement imperceptible à la commissure de ses lèvres. Il détacha finalement la sienne de son journal, non pas pour me saluer, mais pour balayer l'air d'un mouvement de poignet. Je vis alors dans son regard le dégoût et le mépris que lui insufflait cette main tendue. Puis, comme si de rien n'était, sa main retrouva son emplacement initial. Il se mit à sourire et se replongea dans sa lecture. Je croisais les yeux de Guilhem. Il me fixait et semblait vouloir me dire — j'aurai aimé te prévenir mais tu as était trop prompt dans ton geste.

L'ascenseur s'arrêta enfin, me libérant de la situation inconfortable dans laquelle je m'étais fourré. Je ne m'attardais pas plus longtemps et sortait précipitamment dans le couloir. Guilhem ne se fit pas prier et m'imita à son tour. Nous nous séparâmes quelques mètres plus loin, là où les sols changeaient de couleur. La partie grise pour la compta, la partie bleu pour le contrôle de gestion. Chaque service était ainsi bien identifié. Le vert pour les ressources humaines, le jaune pour l'ordonnancement, le pourpre pour la sécurité, le saumon pour la qualité, le bleu chiné gris pour la paie, le bleu pâle pour le commercial et le violet pour l'exploitation. On retrouvait ces couleurs sur plusieurs étages en fonction des niveaux hiérarchiques, ainsi le responsable comptable avait un sol gris dans son bureau, la responsable paie un sol bleu chiné gris, etc… mais où ça se compliquait c'est qu'avec le temps et les différents travaux d'entretien courant, il se pouvait qu'une activité administrative ait changé de couleur et finalement plus personne n'y comprenait rien.

Arrivé à mon bureau, sol mi gris mi bleu pâle, certainement dû à des reliquats de dalles de moquette à refourguer, je m'installais devant mon ordinateur. Je repensais à cc qui venait de se passer. Quel personnage étrange ! Comment pouvait-on être à la tête d'un Groupe aussi important et être aussi loin de ses salariés ? Je plongeais la main dans un classeur métallique à proximité de mon siège et en tirait le tiroir du bas. J'y entreposais des revues professionnelles mais également les journaux internes que le Groupe publiait trimestriellement. Ces journaux étaient d'une telle qualité que j'avais du mal à m'en défaire. Jeter de telles œuvres à la poubelle serait un sacrilège. Le papier glacé était digne de publications d'architecture ou de magazines de mode, il mettait en avant le bien-être des salariés au cœur du projet Entreprise. Des interviews retraçaient l'intégration et l'évolution de certains d'entre nous. Les mots étaient choisis, il n'y avait jamais de jugement, tout était au mieux dans le meilleur des mondes. Les valeurs étaient martelées en préambule de chaque numéro : Nos salariés et nos clients avant tout !
Comment une personne qui avait autant de valeurs, autant de convictions sur le rôle sociétal de l'entreprise, et qui plaçait aussi haut le salarié sur l'échelle de ses préoccupations, pouvait être autant en contradiction avec ce qu'il prônait ?

Je feuilletais rapidement les journaux et en sortis un de l'année précédente afin d'en relire le chapeau. Ce numéro avait particulièrement retenu mon attention. Je l'avais lu à

mon neveu pour illustrer un propos au sujet du racisme et de la différence de l'autre.
Une main tendue : Une main tendue est un pas vers l'autre. Elle ne porte pas de jugement, elle peut relever une personne qui trébuche, elle peut donner le cap pour indiquer la direction à prendre, elle peut tout simplement montrer notre volonté. N'ayons pas peur de tendre la main, à notre famille, à nos amis, à nos collègues, à nos clients.
Notre Président concluait avec une citation de Louis d'Aragon : *l'avenir, c'est ce qui dépasse une main tendue.*

Qu'aurais-je pu dire à mon neveu si celui-ci m'avait alors répondu que tout le monde n'était pas enclin à tendre la main ? Faire référence à l'origine de ce geste, lui dire que c'était une façon de montrer qu'on ne tenait pas d'armes, que l'autre était ainsi à l'abri d'une attaque sournoise au couteau ou à l'épée. Lui dire que c'était mal élevé, que ça ne se faisait pas et que ça reflétait un manque d'éducation. Lui dire que ça pouvait être de la provocation ou tout simplement de la bêtise. Finalement j'aurai eu bien du mal à argumenter une réponse raisonnablement valable.

Il y a un tas de choses bizarres comme ça que je n'arrive pas à m'expliquer. Vous voyez, je fais partie de la direction financière. Lorsque j'étais un simple contrôleur de gestion, le Directeur administratif et Financier, Monsieur Didier Petitjean, me vouvoyait. Il ne me serait alors jamais venu à l'idée qu'il en soit autrement. Il y avait un tel écart de diplômes, de connaissances et de culture que c'était forcément dans l'ordre des choses qu'il en soit ainsi.
Le jour où je suis devenu cadre, il m'a convoqué dans son bureau afin de me faire signer un avenant à mon contrat de travail. Après un cérémonial protocolaire digne des plus

grands orateurs de notre siècle (tirage de manches de costume, reniflements et raclements de gorge à s'en décrocher des glaires enfouies au plus profond de son être), il m'invita à m'assoir. Je faisais face à son bureau dont un plateau transparent était de verre. En dessous de ses mains posées sur le bureau je pouvais voir au sol, jonchés derrière la tour de son ordinateur, un tas de petits papiers multicolores, vestige de confiseries qui justifiaient à elles seules l'embonpoint de ce dernier. Il me faisait penser à frère Tuck, le blaireau, prête de Nottingham dans Robin des Bois de Disney. Sa réputation n'était plus à faire. Tout comme son homologue mammifère, aucun banquet ne lui résistait. Il pouvait rester des heures à s'empiffrer de petits fours ou de viennoiseries. Dans sa bouche tout ce qui se mangeait pouvait y entrer. Un pain au chocolat succédait rapidement à un croissant qui lui-même faisait suite à une madeleine, une part de cake et un brownie. La farandole de desserts, au restaurant, pour lui, c'était un minimum syndical.

Mais contrairement à ce même homologue, notre frère Tuck était une vraie pince. Pas question de lui soutirer la moindre augmentation ou la moindre prime. Si vous combiniez ses deux penchants naturels vous pouviez assister à des situations fort cocasses.

Tous les ans, pour fêter les départs en vacances de Noël, la direction organisait un lunch. Que des mets digne de chez Fauchon. Amuse-bouches, manchons de poulet, terrines, rillettes, etc…C'était l'occasion pour elle de faire un point sur l'année écoulée et de remercier l'équipe administrative ô combien performante à ses yeux, *une des meilleures de la région* et *bla bla bla...*

Une année, des cassolettes de poisson avaient été rajoutées au menu déjà fort garni. Les convives s'en étaient délectées mais une partie non négligeable n'avait pas été consommée et allait certainement finir à la poubelle. Les petits doigts boudinés de Frère Tuck avaient fait leur œuvre de table en table et avaient naturellement fini leur course au pied des cassolettes. Une myriade de petites cocottes en fonte aux couleurs diverses attendaient là, délaissées dans un coin. Ses yeux se mirent à briller et sa langue fit un aller-retour sur ses lèvres. *Miam, miam, c'est ma femme qui va être contente !* Mais déjà ses oreilles se tordaient de douleur. Sylvaine, du service trésorerie était en pleine conversation avec sa collègue Inès de la comptabilité.

— Ce serait dommage de jeter tout ça, pour une fois que l'on a autre chose que du pâté.

Inès avait horreur du gaspillage. Un brin écolo elle essayait de s'auto suffire au quotidien. Elle fabriquait elle-même son savon, n'utilisait pas de lessive, avait des poules et recyclait tout ce qui pouvait l'être.

— Tu as raison, prends-en quelques-unes, lui répondit Sylvaine, qui se disait que ses cinq enfants seraient heureux de manger ces préparations.

— Je ne sais pas, je n'ose pas trop, tu crois…

Inès était gênée mais il est vrai que ces cassolettes les changeraient du quotidien. Ce n'était pas avec son petit salaire qu'elle pourrait en offrir à ses enfants. Et puis après tout c'était Noël alors autant leur faire plaisir.

Frère Tuck avait vu rouge. Ces petites cocottes, il les imaginait déjà se faire réchauffer dans le four dernier cri qu'il avait acheté chez Emmaüs, il y a peu pour l'anniversaire de sa femme. N'y tenant plus il se jetait sur la table et embrassait de ses bras les petites orphelines. *Venez dans les bras de papa, n'ayez pas peur, personne ne vous ôtera à moi.* Il avait observé d'un mauvais œil les deux femmes qui complotaient dans son dos. Sylvaine et Inès en étaient restées coi. Elles l'avaient regardé empiler rapidement les cassolettes sur un plateau et se ruer en direction de son bureau pour les mettre en sécurité.

Cet après-midi-là Inès était passée devant le bureau grand ouvert de frère Tuck. Les cassolettes trônaient sur son bureau, amoncelées tel un butin. Affalé sur son fauteuil de cuir, il digérait et regardait avec admiration le patchwork de fonte qu'il ne prendrait même pas le temps de nettoyer une fois consommé. Il les rapporterait le lundi suivant, dégoulinante de béchamel séchée. Une petite main se chargerait bien de les récurer.

En fait je suis mauvaise langue ! Je dois rendre à frère Tuck ce qui appartient à frère Tuck. Tous les ans ce dernier fait part d'une générosité sans commune mesure à notre égard. Une fois par an il nous envoie un mail pour nous informer qu'une brioche a été mise à notre disposition et nous convie à la déguster en sa présence. Nous nous retrouvons alors une bonne trentaine au réfectoire autour d'une table où il exhibe fièrement le fruit de sa bienveillance. Une magnifique brioche quatre parts, enfin trois, puisque qu'il se sert toujours en premier, puis il attend. Nous nous regardons avec méfiance voire défiance.

Qui osera se servir en premier ? Frère Tuck, la bouche pleine, nous encourage alors de son regard empreint de satisfaction. Puis n'y tenant plus, il nous lâche :

— Allez-y, servez-vous, ne vous faites pas prier, ne faites pas de manière.

Une main téméraire s'approche finalement et en déchiquette une parcelle pour la porter à sa bouche. Son goût de trop peu n'a rien à voir avec l'insipidité de la brioche industrielle du quotidien. Celle-ci a un bon goût de beurre et de fleur d'oranger. Elle est légère et fond en bouche. Tous l'imitent ensuite et se font un plaisir de manger les miettes qu'il leur a laissés.

Mais bon, je m'égare. J'en étais à vous narrer ma convocation dans son bureau le jour où je suis passé cadre. J'étais donc en train de regarder les petits papiers au travers de son bureau de verre lorsqu'il me dit solennellement :

— Alexandre, ça fait combien ? Quinze, vingt ans que nous travaillons ensemble ? Un bail quoi !

— Euh… non, Monsieur Petitjean, ça ne fait que huit ans que vous êtes là !

— Oui, enfin, ça fait un certain nombre d'années que les années ne dénombrent pas.

— Euh …

— Maintenant que tu es cadre je t'autorise à me tutoyer. Tu as su gravir les échelons tel Frison-Roche dans 1er de cordée et maintenant tu fais partie de notre famille. Sois en fier, tu l'as amplement mérité.

— Je vous… enfin… je te euh… remercie.

Il balaya la pièce de la main.

— A l'avenir, je vais pourvoir te confier plus de taches. Je ne peux me permettre de prendre du retard. Tu n'as pas assez de diplômes pour cela (*et certainement qu'intellectuellement tu n'es pas au niveau non plus*) mais saches que faire partie d'un Comité de Direction demande beaucoup d'implication personnelle. Une abnégation de tous les jours, un sacerdoce. J'ai actuellement une quantité phénoménale de journaux à lire. Avec la prise de mes derniers congés, entre les mails et le journal Les Echos, qui lui ne s'est malheureusement pas arrêté de paraitre, tu ne peux imaginer le stress que c'est au quotidien !

— Non, en effet.

— C'est avec des femmes et des hommes comme toi, des gens de valeur sur qui je peux me reposer, que la Direction Financière que je représente avec force et conviction continue d'évoluer. Tu vois, Corinne, ma responsable paie, si elle ne finissait pas à vingt heures tous les soirs, elle ne pourrait pas respecter les contraintes qu'on lui impose. Et bien toi, c'est pareil, je n'ai pas encore défini tout ce que je vais te confier dans les prochains jours mais tu verras, tu t'habitueras. Dans la vie, si tu veux réussir, il faut savoir déléguer.
Dé-lé-guer ! Tu vois, Anaëlle, notre DRH, elle n'a pas encore tout compris !

— C'est normal, elle est encore jeune, lui dis-je.

— Non, tu te trompes ! Nous, on sait déceler des potentiels dont les personnes elles-mêmes n'ont pas idée. Anaëlle, elle n'a jamais vraiment fait de ressources humaines avant de travailler chez nous et bien ce n'est pas grave. On a senti qu'elle avait le "flow" comme on dit aux States. Le flux quoi ! Il y a peu de personnes qui peuvent

parler d'un sujet sans en maitriser le moindre aspect. Et bien elle, elle peut. Ce n'est pas fort ça ! On l'a tout de suite repéré. Tu la verrais en réunion avec les représentants du personnel ! Bing bam boum ! Je te réponds, je t'embrouille ! C'est simple, lorsqu'elle a fini de leur répondre sur un sujet, ils ne se rappellent même plus la question qu'ils avaient posée. Moi je dis, respect. On avait un DRH avant elle, Bournazel, tu l'as certainement connu, il n'est resté que cinq ans. Et bien lui, il était un peu comme ça. Encore avant, Beliveau qui n'est resté que deux ans, lui par contre ne l'était pas assez. C'est pour ça qu'on n'a pas pu le garder. Trop cohérent et trop efficace dans ses réponses. Il allait droit au but. Les élus l'aimaient bien. Les réunions ne duraient pas longtemps, du coup on avait l'impression qu'il ne faisait rien. Une réunion bien menée, c'est un minimum de trois heures. Le top c'est de faire une réunion le lendemain pour débriefer de la réunion de la veille. Tu vois tout de suite ceux qui ont suivi.
Anaëlle est une vrai pro pour ça. Le "flow" je te dis ! Elle peut te faire des réunions pendant une semaine de rang. Je te fais une petite confidence, il baissa le son de sa voix, entre nous, ceux du Codir, on l'appelle Flow-hour, la fleur en français mais en vrai ça veut dire « écoulement d'heures » tellement ça peut durer en longueur.

C'est marrant ce jeu de mot, me disais-je. En compta, Inès a un collègue qu'elle appelle Jack l'éventr'heures. Régulièrement il fait péter les compteurs d'heures du service gestion du temps de travail. En même temps, il fait à lui tout seul le boulot de deux, sans compter les pertes de temps que lui font subir les autres services. Il doit sans cesse vérifier et revérifier encore et encore les éléments qu'on lui transmet. A croire que les autres s'amusent à le faire tourner en rond.

J'entends frère Tuck qui continue son laïus sur les qualités de recrutement de nos cadres.

— Regarde, on a embauché Ronan pour s'occuper du recrutement. Il a tout de suite décelé qu'il y avait une faille dans son service. Il s'est arrangé pour que les plus anciennes démissionnent et paf ! Il recrute des jeunes à bas coût et prend des stagiaires pour faire le boulot. Ainsi il nous a démontré deux choses. Qu'il pouvait nous faire faire des économies et qu'il savait recruter. La preuve par la démonstration, il n'y a rien de plus vrai. Il a même commencé à dupliquer son modèle à la RH. Maintenant c'est même des stagiaires qui apprennent le boulot aux administratifs que l'on recrute. Jamais vu aussi fort que ce mec ! En tant que financier je ne peux qu'applaudir. Côté management, je ne t'en parle même pas. Un vrai tueur ! Il a réussi en très peu de temps à se mettre à dos tout le service. Pas de copinage ! Je te le répète, on sait dénicher les talents. Tu te souviens peut-être de notre Directeur Commercial, comment il s'appelait déjà, ah oui Lagale. Tu ne devineras jamais comment on l'a attrapé ? Le gusse il vendait des survêtements dans une galerie marchande où nous on fait le ménage. Patrick, notre Boss, passait devant son étal pour se rendre à un rendez-vous lorsqu'il l'entendit parler de manche. Notre gusse expliquait à un client que le flocage sur la manche de la veste qu'il essayait avait un léger défaut. Le client ne s'en était même pas aperçu. Le con, il aurait pu la lui vendre en l'état. Du coup il avait été obligé de lui faire une remise conséquente. Ni une ni deux, notre Boss avait fait le lien : manche = manche à balai, manche = partie, partie = argumentation.

Le Boss, son cerveau c'est une vraie centrale nucléaire. Ça cogite à la vitesse de l'éclair là-dedans ! Il le nommait Directeur Commercial en moins de deux. Bon il n'a pas trouvé de client immédiatement. Le Boss était sûr qu'on ne pourrait pas trouver mieux comme commercial. En effet on n'a jamais trouvé mieux. Au bout de cinq ans, comme il n'avait toujours pas trouvé le moindre client, on s'est décidé à s'en séparer. Le con ! Tu ne vas pas le croire. On lui avait mis un fixe de sept mille euros par mois. Et bien il n'a jamais cherché à faire mieux. Notre seul regret, tu vois, c'est qu'il ait manqué d'ambition.

— Et toi, tu sais pourquoi on t'a passé cadre ?

— Ben…

— Au début comme ton bureau donnait sur le parking on avait pensé te mettre responsable de la flotte automobiles. Mais comme on ne voulait pas aller trop vite en besogne, on s'est dit qu'on reverrait ça en Codir. Mais comme en Codir il fallait traiter préalablement un tas d'autres sujets prioritaires sur lesquels on planchait depuis des mois, comme la couleur ou la texture du papier toilette, le nombre d'abonnements à "Pic&Sous magazine" ou encore beaucoup plus stratégique, fallait-il supprimer les bonbonnes à eau en période hivernale, alors ça a coincé.

Pour le papier toilette ça a bardé plus d'une fois. On n'arrivait pas à se mettre d'accord. Entre ceux qui voulaient du triple épaisseur, du double épaisseur, ceux qui voulaient senteur violette, senteur des bois, ceux qui disaient qu'il fallait voir le conditionnement, par palettes, en lot de vingt-

quatre, en petits paquets de six, si bien qu'il nous a fallu deux Codir entiers pour nous décider. C'était simple, on allait faire comme avant, on prendrait le moins cher.
Ensuite on s'est rendu compte que les tableaux que tu nous transmettais avaient toujours des traits bien faits. Des double-traits, des trais épais, toujours du bon boulot, fait avec application. Des en-têtes clairs, des dates sur chaque document. On a donc pensé te mettre responsable de notre charte graphique. Mais qui dit charte graphique, dit communication. On te voyait donc bien responsable de la communication, jusqu'au jour où tu nous a tous bluffé.

— Ah bon ?

— Oui, ce fameux jour dans l'ascenseur où tu as rencontré Patrick Lacaze. Ce jour-là, sans le savoir, tu as marqué son esprit. Il n'en revenait pas. Un gars qui n'avait qu'un bac+2, donc qui n'avait finalement pas fait d'études, expliquait à un gars de la compta qu'on pouvait modéliser des marges à l'aide d'une droite de régression. Même moi je t'avoue que j'ai été impressionné.

— Mais, c'était... il y a si longtemps. Il y a au moins dix ans ! Tu n'étais même pas chez nous à cette époque.

— En effet, il s'en est passé des Codir depuis ce jour. Mais tu vois, on a pris notre décision et te voilà cadre.
Il conclut enfin son discours avec cette phrase laconique.

— Vas, Alexandre. Fais comme l'oiseau. Prends ton envol !

Sur ce, je sortis de son bureau, perplexe mais heureux de la chance qu'il m'était donné. Car à y penser, il est vrai qu'aujourd'hui pas un seul administratif n'était embauché à moins de posséder un bac+5. En plus il fallait voir la batterie de tests, d'entretiens en tout genre que ces pauvres devaient passer.

Le dossier de recrutement qu'ils devaient compléter s'intitulait NASA.

Non **A**ux **S**élections **A**nxiogènes.

Pour qui ? On se le demandait bien. Après avoir passé une bonne heure à remplir leur dossier, ils rencontraient un premier responsable puis un deuxième et éventuellement un troisième. Lorsque ceux-ci avaient validé la candidature, on faisait attendre la personne à l'accueil, généralement une bonne demi-heure, le temps que notre DRH jugeait utile pour que le ou la recrutée comprenne l'importance de la personne qu'il ou qu'elle allait rencontrer et enfin la DRH consentait à faire son propre entretien. Celui-ci pouvait être plus ou moins long mais plus que moins, souvenez-vous "flow-hour" et une fois que le postulant était jugé apte au poste, on le présentait au Boss. Il n'était donc pas rare de voir un jeune entré dans LE bureau du Boss à la nuit tombante, le visage déconfis, le regard hagard après un marathon d'une demi-journée. Aux mêmes questions qu'il leur était à nouveau posé, comme à des repris de justice en salle d'interrogatoire, n'ayant plus de force mentale, ils ne pouvaient plus que répondre :

— Ague… Benfr….Humpf…

Ces simples onomatopées permettaient au Boss d'avoir un jugement sans faille. Tel madame Irma lisant dans sa boule de cristal, dans le marc de raisin ou encore dans les lignes de la main, il avait la faculté de lire dans l'œil injecté de sang. Il fallait le voir faire ! Il savait décrypter le moindre petit vaisseau, la moindre petite secousse sismique de l'œil qui défaille. Il hochait finalement la tête en signe d'assentiment et confirmait ainsi à la DRH qu'il avait tranché. Il s'en féliciterait quelques mois plus tard au cours d'une réunion car il aimait à se répéter que ses recrutements étaient de qualité.

Pour tout vous dire, très rare étaient ceux qui se voyaient recalés à ce stade de la sélection car le tri avait été effectué en amont. Il fut intéressant de lui présenter une personne qui n'aurait pas subi le parcours NASA pour voir si la finalité aurait été la même. Mais ne soyons pas mauvaise langue !

Faustine Bobard, la secrétaire du service qualité avait toujours des histoires extravagantes à nous raconter. Belle blonde décolorée, pulpeuse à souhait, elle faisait penser à Marilyn Monroe. Non seulement de par son physique mais aussi de par sa vie tumultueuse. Mais comme Marilyn, elle avait ses failles et avait tenté plusieurs fois de mettre fin à ses jours. L'approche de la quarantaine l'avait fortement perturbée et pour y remédier elle avait entrepris un voyage en Egypte avec son mari. Son couple commençait à battre de l'aile, elle pensait, naïvement peut-être, que cette extraction du quotidien allait leur faire le plus grand bien et leur procurer une énergie nouvelle. Profitant d'un voyage organisé par le Comité d'Entreprise, ils avaient séjourné à Gizeh, sur la rive gauche du Nil, face à la vieille ville du Caire. Le couple partait généralement la journée effectuer des excursions avec d'autres collègues et rentraient le soir à l'hôtel. Lors de leurs premières sorties, elle avait remarqué que Youssef, le jeune guide mis à leur disposition pour la semaine par le voyagiste, ne cesser de la regarder lorsqu'il s'adressait au groupe. Le troisième soir, son mari ne se sentant pas très bien, méfaits de la tourista oblige, elle s'était rendue seule au restaurant. Youssef mangeait à sa table habituelle, non loin du bar. Il l'avait regardée passer devant la baie qui donnait sur la piscine. Elle portait un ensemble vaporeux en coton léger qui mettait ses courbes en valeur. Après s'être servie au buffet, et contre toute attente, elle était venue s'assoir à sa table. Il était fortement intimidé. Cette femme aurait presque pu être sa mère. Deux heures plus tard il ne se posait plus la même question lorsqu'elle quitta sa chambre après lui avoir fait subir des outrages que sa religion aurait condamnés.

La veille du départ, son mari lui dit qu'il avait bien réfléchi. Il souhaitait mettre fin à leur histoire.

Pour piquer son orgueil elle lui avait annoncé qu'elle avait couché avec le jeune guide et qu'elle lui avait fait ce qu'elle ne lui ferait jamais, à lui.

Il l'avait regardé avec un large sourire et lui avait annoncé à son tour qu'il avait une relation extra-conjugale depuis plusieurs mois.

Elle s'était sentie blessée et avait dit :

— Je la connais ?

— Oui, lui avait-il répondu.

— Et je peux savoir son prénom ?

— Oui, c'est Julien, notre voisin.

La claque magistrale qu'elle avait reçu à cet instant allait être proportionnelle à l'investissement qu'elle mettrait plus tard à la libération de son corps.

Toutes les occasions seraient bonnes !

C'est ainsi qu'un soir elle fut surprise en plein ébat, les mains agrippées à une table de réunion, en train de se faire culbuter par notre ancien Directeur Administratif et

Financier. Elle ne pouvait pas le sentir et pourtant elle était passée à l'acte. Voulait-elle se faire du mal ou bien s'humilier ? Allez savoir. Elle s'était introduite dans son bureau, avait fermé la porte dans son dos et s'était positionnée face à lui. Il l'avait regardée, surpris. Le fixant dans les yeux, elle s'était mise à dégrafer son corsage. Il avait découvert, stupéfait, que le corps de cette femme n'était pas si sage. Des anneaux lui transperçaient les tétons. Ce fut plus fort que tout il s'était jeté sur elle telle une bête sauvage. Elle l'avait entrainé alors dans le couloir puis dans la salle de réunion au bout du bâtiment. Ils s'étaient crus seuls mais la porte vitrée n'avait pu dissimuler l'adultère qui avait eu lieu.

Le lendemain matin, Emeric notre responsable informatique se faisait un plaisir de raconter son histoire à qui voulait bien l'entendre. Je crois bien qu'il n'a jamais eu autant de succès que ce jour-là.

Où était passée la secrétaire bien sage qui, il n'y a pas si longtemps de cela, venait au bureau avec son tailleur strict dont la jupe cachait les genoux et dont le chemisier col claudine n'avait jamais laissé entrevoir ne serait-ce que la naissance d'une gorge. Cette fille un peu terne dont les lunettes mangeaient le visage et que beaucoup trouvait insignifiante.

Maintenant c'était décolletés vertigineux, mini-jupe et bas résille. Je crois bien que certaines filles du bois de Boulogne en cachaient plus qu'elle.

Mais cette attitude n'avait pas duré bien longtemps, au grand dam d'Emeric qui s'en délectait, notre direction avait mis fin à cette débauche visuelle.

Sandy, la collègue d'Inès, était un vrai boutentrain. Sous ses airs de ne pas y toucher, elle était tout en connerie.

Un jour je lui avais raconté une histoire qu'un responsable d'exploitation, Raoul, m'avait relatée. Un truc incroyable !

Il pratiquait le vélo depuis sa plus tendre enfance et faisait régulièrement des sorties le week-end avec des gars de son club. Un jour ils s'étaient aventurés dans le bois de Fagosse à proximité de Saint-Jean-de-Luz. Le lundi suivant, histoire de faire la conversation avec le Boss, *puisqu'ils se trouvaient dans le même ascenseur*, il lui en avait fait part. Il savait que ce dernier avait un pied à terre dans le coin. Le Boss, furieux, l'avait regardé droit dans les yeux et lui avait dit avec aplomb :

— Je vous interdis de revenir dans ce bois ! C'est du domaine du privé. Vous n'avez rien à y faire !

Allez savoir pourquoi, le Boss s'était subitement senti mis à nu. Raoul, sans le vouloir, était rentré dans sa sphère, dans sa bulle et ça c'était interdit.

— Et bien tu sais quoi, m'avait dit Sandy ce jour-là, on va lui faire une surprise.

Quelques semaines plus tard, elle nous avait envoyé un mail pour nous prévenir de réserver notre samedi. Elle adorait organiser des excursions en France ou à l'étranger. Ce n'était pas une petite virée à Saint-Jean-de-Luz qui allait l'arrêter. Le samedi convenu, nous nous étions donné rendez-vous devant le siège de l'entreprise. Nous étions sept à l'attendre lorsqu'elle arriva au volant d'un minibus.

— Allez, montez !

Elle venait de descendre du véhicule pour nous ouvrir la porte latérale coulissante. Inès, Guilhem, Emeric, Ariane de la RH, Marie-Aude du planning, Corinne de la paie et moi-même montions dans le minibus.

— Où nous emmènes-tu ? Lui lança Corinne, tu ne vas pas garder notre destination secrète encore plus longtemps.

— Ne vous inquiétez pas, je pense que l'on va bien s'amuser. Je vous ai préparé quelques accessoires dans un sac au fond, choisissez ceux qui vous plaisent.

Guilhem qui était assis sur la banquette du fond se retourna et plongea la main dans le coffre. Il tâtonna un peu et trouva un sac. Il le hissa sur ses genoux et découvrit des bobs, des chapeaux de paille, des perruques, des boas, des chemises hawaïennes et autres accoutrements haut en couleur.

L'ambiance dans le minibus était à la déconnade. Ariane qui portait bien son prénom était une vraie fusée. Un peu gaffeuse, un brin Pierre Richard, elle partait au quart de tour, toujours la première pour faire une bourde. Sandy dans son mail avait précisé sur un ton humoristique : tenue de pêche exigée. Ariane avait déboulé des bottes aux pieds, un ciré jaune sur le dos et un bob rouge sur la tête. Elle nous avait regardé, et surprise, nous avait demandé pourquoi nous n'avions pas respecté les consignes. Nous nous étions tous regardés et avions éclaté de rire. Son sens de l'humour était légendaire. Pour vous dire, elle avait organisé une fête en l'honneur de sa nouvelle voiture. Comme cette dernière était bleue, la playlist musicale qu'elle avait préparée à cette occasion ne comportait que des titres ou des paroles sur ce thème. Les mots bleus de Christophe, blue hôtel de Chris Isaak, etc… Elle avait même demandé à sa tante qui jouait du piano de composer un air en l'hommage de sa voiture. Elle avait également profité de l'occasion pour faire ses adieux et une cérémonie en hommage à son ancien véhicule.

Corinne, après nous avoir avertis que la confidence qu'elle voulait nous révéler était un peu dégueu, nous raconta le jour où elle était passée aux toilettes juste après frère Tuck. Il l'avait convoquée dans son bureau pour une sombre histoire de primes qu'un responsable avait accordé à un balayeur sur plusieurs mois. La Direction n'était pas au courant, il s'agissait tout de même d'une prime de dix euros qui avait été versée sur trois mois consécutifs, une chose inadmissible à laquelle il fallait mettre un terme sans plus tarder. Si la Direction en avait été informée en amont, elle aurait pu se réunir en Codir et délibérer sur le sujet. Le responsable en question, Felipe Konlac, risquait son poste sur ce coup. Afin d'être sûr de prendre la bonne décision et avant d'en parler aux autres membres du Comité, le DAF voulait s'entretenir préalablement avec trois personnes : Corinne, notre responsable paie pour le calcul effectué, mais aussi Vanina notre responsable RH pour le courrier à envoyer et également Etienne notre responsable comptable pour l'impact financier. La Direction n'en revenait pas. Elle n'avait pas connu une telle affaire depuis ce qu'elle avait appelé le Watergate. Son enquête avait duré plus de six mois, persuadée qu'une personne ou pire encore, tout un réseau lui volait de l'eau. La consommation avait fortement augmenté, il fallait donc trouver le coupable. Elle avait beau eu faire des réunions, des brainstormings et même une fois un chat perché sous l'effet de la colère, rien. Le truc inconcevable, impossible.

C'était le Boss qui avait mis fin au mystère du Watergate. Il était bien tranquillement installé à une terrasse d'un bar à siroter une grenadine lorsqu'une jeune femme s'était fait agresser juste devant ses yeux. Un malotru l'avait bousculée pour lui arracher son sac à mains et était parti en courant. Un policier municipal était intervenu peu de temps après et cherchait un témoin fiable. Il avait interpelé notre Boss en qui il avait tout de suite reconnu un esprit apte à lui synthétiser un compte-rendu clair et limpide. Notre Boss avait alors pris la parole, pour déclarer :

— Vous devez rechercher un homme d'un mètre quatre-vingt-trois, soixante-neuf kilos, de type caucasien avec les cheveux bruns. Il porte un blouson en cuir noir de marque Redskins, un pantalon délavé Levis de taille 38 et des baskets Nike de couleur grise. Ah, j'allais oublier, 45 pour la taille des chaussures. Il a aussi un tatouage dans le cou, une salamandre, ainsi qu'une alliance à l'annulaire gauche, je n'ai pas eu le temps de tout lire, tout est allé si vite, mais il y est inscrit “*A mon amour, le*”. C'est dommage je n'ai pas pu voir la date.

— En effet c'est dommage, ça risque de compromettre notre enquête, lui répondit l'agent. Pourriez-vous nous dire par où il est parti ?

— Il a pris la f… et là il eut une révélation.

Il sortit précipitamment son Nokia 3310 de sa poche, le seul dont il pouvait se servir sans avoir à déranger Emeric et appela frère Tuck.

— Didier, organisez-moi un Comité Extraordinaire sans plus tarder. Convoquez tous les membres de Direction, sans exception.

— Et quel sera l'ordre du jour ?

— Opération Watergate.

Il venait de lâcher le mot et n'en était pas peur fier. Le lendemain aux premières heures, le Boss se présentait face à ses pareils et commençait son discours.

— Mes amis, si je vous ai convoqué aujourd'hui, c'est que… il s'arrêta net.

— Anaëlle n'est pas arrivée ? Il est 10h05, tout le monde a pris la peine de se lever très tôt ce matin et notre DRH n'est pas là !

Estéban Constant, le Directeur des start-ups, était en train de lui faire des signes en se tapotant le bout des index.

— Quoi, qu'est-ce qu'ils ont vos doigts ?

— Ben, vous savez bien, le mercredi matin c'est tactac.

— Tactac ?

— Enfin Patrick, vous savez bien, tactac quoi !

— Ah…tactac ! Et bien ce n'est pas grave, l'un d'entre vous lui rapportera bien ce que je vais dire. Tiens Didier, prenez donc des notes.

— Je disais donc, mes amis, si je vous ai convoqué aujourd'hui c'est pour vous faire part d'une révélation que j'ai eue, hier, assis à une terrasse. Quand je vous dis qu'il ne faut pas se tuer à la tache ! C'est souvent en reposant son esprit que l'on fait les plus grandes découvertes.

Tous hochèrent la tête en signe d'assentiment.

— Regardez, moi, combien de fois n'ai-je pas pris de décisions en observant ce qui se passait dans la rue autour de moi. Les gens sourient dans le rue, c'est bon signe, le pouvoir d'achat remonte. Il y a du monde aux terrasses des cafés, vous vous dites que le soleil et la météo y sont pour quelque chose, vous vous trompez. Les gens ont tout simplement soif ! Soif de croquer dans la vie, soif de grandeur, de richesse. Je vous ai donc réuni en ce jour — ah Anaëlle, merci de nous rejoindre, soyez la bienvenue — pour vous dire — je n'en suis pas absolument sûr mais il y a tout de même de fortes probabilités — pour vous dire que le problème de la consommation d'eau doit provenir d'une fuite.

Incroyable ! Personne n'y avait songé. C'est vrai qu'il faudrait certainement encore faire des tests, payer des experts en hydrométrie ou autres sciences encore mais ils y croyaient tous, c'était certainement une fuite.

Corinne se rendait donc dans le bureau de frère Tuck lorsqu'elle fut prise d'une forte envie de faire ses besoins. Il y avait des toilettes non loin dans le couloir, elle allait pouvoir s'y soulager. En appuyant sur la poignée de la porte elle constata que l'endroit était déjà occupé. Elle patienta un court instant, l'occupant sortait déjà, laissant la porte légèrement entrouverte sur un bruit de chasse d'eau et un petit fumet odorant. Le souillon n'avait pas pris la peine de vaporiser la pièce de désodorisant et encore moins de nettoyer les traces laissées sur la faïence blanche.

Pour appuyer son propos, Corinne sortit son smartphone.

— Non, tu n'as pas fait ça ? Lança Marie-Aude d'un fou rire naissant.

— J'allais me gêner, lui répondit Corinne.

Elle fit défiler des photos avec son majeur, s'arrêta sur celle qu'elle recherchait et écarta légèrement les doigts pour faire un zoom. Elle tendit alors le bras au milieu de notre groupe, la photo bien en évidence. Tadaaa ! Regardez ce petit étron qui flotte au milieu de la cuvette criblée d'impacts, il n'est pas mignon ?

— Mais c'est crade ! Proféra Sandy qui ne pouvait en même temps conduire et profiter de la preuve visuelle de ce qu'elle venait d'entendre.

— Ah le porc ! Renchérit Ariane. Mais c'est qui ? Tu ne nous as pas dit qui tu as croisé devant cette porte.

— Je me demande si je ne vais pas vous laisser languir encore un peu.

Histoire d'animer encore un peu plus l'ambiance, je rajoutais — tu ne vas tout de même pas nous dire que c'est quelqu'un qui ne serre jamais la main parce qu'il a peur de nous transmettre ses germes ? Et moi qui croyais qu'il avait peur de nos microbes !

Tous éclatèrent de rire.

— T'es con toi ! Non, c'est celui qui m'avait convoqué. Notre DAF.

— Nooooon !

Nous avions tous protester en cœur et nous nous mirent tous à rire encore plus fort, chacun de nous imaginant frère Tuck, assis sur le trône, et commentant nos impressions.

Nous nous approchions de notre destination finale. Nous commencions à comprendre où Sandy nous conduisait. Le port de Saint-Jean-de-Luz.

Il était près de midi lorsque nous nous garâmes à proximité d'un restaurant. Sandy avait réservé à La Vieille Auberge. Elle, ne buvait pas une goutte d'alcool, donc ça nous arrangeait. Après l'apéritif, nous nous fîmes apporter un assortiment de tapas : croquettes de jambon ibérique, friture de calamars, crevettes en persillade, Pâté d'Itxasso, le tout arrosé copieusement de rosé et pour finir un verre d'armagnac pour accompagner un gâteau basque à la crème. Autant dire qu'à la fin du repas, à l'exception de Sandy, nous étions tous un peu euphorique. Après avoir réglé l'addition, elle donna à chacun de nous une petite feuille sur laquelle était mentionné l'objectif final de cette escapade. Nous nous dirigeâmes sur le port à la recherche d'un bateau. Sandy nous avait donnés un indice. Stallone.

A 15 h30, nous étions encore en quête de notre bateau lorsque Guilhem s'arrêta net devant ce qui ressemblait plus à un chalutier qu'à un plaisancier. Il pointa son index tel E.T de Steven Spielberg et annonça dans une voix chevrotante :

— Ba-teau. Ba-teau.

Le nom sur la poupe : Adrienne. Nous étions tous excités. Affublés de tenues plus extravagantes les unes que les autres, nous nous mîmes à scander notre cri de ralliement.

— Patriiiick !

Tels les fans d'un célèbre chanteur qui connut son apogée dans les années 80, nous réclamions sa présence à nos côtés.

— Patrick, Patrick, Patrick !

Une silhouette s'anima au niveau de la proue et s'approcha légèrement de nous, mettant certainement fin à une séance de bronzage. Elle portait une paire de mocassins noirs ainsi qu'un large short de plage marron dans lequel se perdait deux maigrelettes jambes munies de longues chaussettes blanches qui remontaient jusqu'à de beaux genoux cagneux. Un marcel jaune et une paire de lunettes de soleil complétait la tenue printanière.

Nous avions devant nous Bob l'éponge ! Il ne lui manquait plus qu'une petite cravate rouge et la confusion était totale. Incroyable ! Un personnage de bande dessinée en chair et en os. Son visage était rubicond mais ça n'avait rien à voir avec une exposition trop prolongée au soleil. Bob l'éponge était furax ! Qui était cette bande de fous furieux qui venait perturber sa tranquillité ? Il avait du mal à distinguer les visages grimés sous les perruques aux couleurs criardes. Un vrai carnaval ! Qui était ces gens vêtus de façon grotesque et pourquoi la personne sur la droite, celle qui avait des bottes vertes et un ciré jaune, gesticulait comme une demeurée et lui faisait des grimaces sous son bob rouge. Un vrai cauchemar ! Il avait l'impression d'assister à un remake des Tuche combiné à Priscilla la folle du désert. Il allait suffoquer. Un voisin plaisancier l'interpela depuis son voilier.

— Un souci Patrick ?

— Non, ce n'est rien Pierre Henri, certainement une erreur !

— Dites-moi si jamais vous avez besoin. N'hésitez pas.

— N'ayez crainte, Pierre Henri, je gère la situation.

Sandy qui avait tout prévu, pris son plus bel accent du sud.

— Ce n'est pas le bateau de Patrick Bruel ?

— Est-ce que je lui ressemble ? répondit Bob.

— Non, en effet mais ma cousine Adélaïde m'avait dit que son bateau était à Saint-Jean-de-Luz, passerelle numéro neuf.

— Et là, vous êtes au combien ? Au six, non ?

— Oh, quelle idiote je fais. Excusez-nous pour le dérangement Monsieur Bob. Venez les amis, nous nous sommes trompés de bateau, je me disais bien que Monsieur Bruel devait avoir un bateau bien plus grand que celui-ci.

— Allez, dégagez maintenant ! *Et pourquoi elle m'appelle Bob celle-là ?*

Le petit groupe s'empressa de quitter les lieux. Il n'avait qu'une envie, ne plus être dans son champ de vision pour éclater de rire et expulser toute la tension procurée par cette situation.

— On a bien rigolé, hein ?

— Parlez pour vous ! nous dit Ariane. En arrivant près du bateau, il y a eu une bourrasque de vent si bien que mon bob m'est tombé sur les yeux. Pendant une fraction de seconde je n'ai plus rien vu si bien que je me suis cognée le pied contre une bite d'amarrage. J'ai senti une douleur si vive au niveau de mon gros orteil que j'ai bien cru que j'allais défaillir. Ça me fait un de ces mal de chien ! Vous n'imaginez même pas comme c'est douloureux.

Guilhem lui tendit son portable.

— Ce n'est pas un bon antidouleur ça ?

Tous s'approchèrent du baume apaisant.

—Trop fort ! Vas-y, partage !

Ce cliché, tout le monde le garderait en souvenir d'une journée inoubliable. Bob l'éponge sur son bateau.

Cette excursion avait valu à Ariane une semaine d'arrêt et le port d'une belle chaussure que nous nous étions fait un malin plaisir de décorer à tour de rôle.

Patrick Lacaze avait eu deux enfants nés d'un premier mariage avec un ex mannequin de chez Elite. Ils faisaient son bonheur, très doués pour les études, son fils et sa fille avaient menés avec brio une scolarité exemplaire. Son fils était devenu un brillant Avocat au barreau de New-York, quant à sa fille elle était Ingénieur au siège de Boeing à Chicago, dans l'Illinois. Mais aujourd'hui qu'il vivait seul, sa plus grande fierté, c'était Uhaino* son fils adoptif.

C'était un mois de juillet qui aurait dû être un mois de juillet comme les autres, Patrick Lacaze naviguait à bord d'un voilier loué quelques jours plus tôt à Eden Island aux Seychelles. Il avait mis le cap sur Denis Island, une petite île située à une centaine de kilomètres au nord-est de Mahé. Profitant des alizés, le vent pouvait atteindre dix à vingt nœuds en cette saison, la croisière avait été de courte durée. Arrivé tôt en début de soirée, il avait jeté l'ancre entre le phare et le vieux village. Sa nuit avait été bercée par le roulis du bateau. Au petit matin, il s'était réveillé de bonne humeur, prêt à partir en exploration. Il avait alors longé la côte pour trouver un point d'accès à l'ouest de l'île, tout proche de la Pointe Madame Guichard. Ici la plage était magnifique. A cette heure de la matinée tout était calme.

* masculin d'Uhaina qui signifie vague en basque

Il mit pied à terre, une paire de tongs d
marcha jusqu'à une petite anse délicat
l'eau était semblable à un cocktail de cur

Il s'allongea sur le sable pour profite
lieu. Une petite brise marine soulevait
chemise pour lui rappeler qu'il ne rêvait pas. Il se sentait bien, détendu, loin de toute agitation.

Il entendait des rires au loin. Afin de profiter lui aussi de l'objet de leur bonne humeur, il se leva et alla s'assoir un peu à l'écart sur un rocher joliment poli par la mer.

Un rejeton était là, il semblait l'observer depuis un moment. Il avait une drôle de frimousse avec une houppette sur la tête et des yeux semblables à deux calots de verre noir qui lui donnaient un air mutin. Sa peau était aussi noire que de l'ébène et de multiples petites taches blanches, certainement de naissance, le différenciaient des petits de son âge.

Ses petites lèvres ourlées semblaient fredonner un air que lui seul connaissait car aucun son ne sortait de sa bouche. Etait-il muet ? Difficile de le dire. Le gosse s'éloigna momentanément et profita d'une vague pour plonger dedans puis il revint tout prêt de lui.

— Tu veux me dire quelque chose ? Viens, approche petit, n'aie pas peur.

Mais le minot ne lui répondit pas. Il semblait heureux de barboter dans l'eau. Il faisait preuve de beaucoup d'assurance pour son âge.

— Que fais-tu ici tout seul ? Où est ta famille ? Tu ne veux pas me répondre ?

pas plus de réponse. Il se gratta la tête et
… moment.

— Mais oui, bien-sûr que je suis bête ! Tu ne parles pas …ançais. L'anglais peut-être ? You're alone ? Where is …our family ? Le créole ? Ça ka mache ? Le russe ? Всё в порядке ? Le chinois ? 沒關係.

Le résultat fut le même. Il percevait un léger mouvement sur ses lèvres comme s'il hésitait à parler. Il ne souhaitait pas le laisser seul dans l'eau. Un requin trop proche des côtes et dieu seul sait ce qui aurait pu lui arriver.

— Ce n'est pas grave, on va attendre bien sagement tous les deux. Tu peux continuer à t'amuser dans la mer si cela te fait envie mais ne t'éloigne pas trop.

Ils attendirent des heures durant mais personne ne se manifesta. Patrick Lacaze arriva à une conclusion surprenante : ce petit n'avait pas de famille.

En attendant il avait une faim de loup.

— Allez viens petit, je t'emmène avec moi et peut-être qu'une personne de l'île saura me dire d'où tu viens !

Il approcha sa main pour le guider mais les deux billes de verre se reculèrent comme par réflexe. Etait-il méfiant ou avait-il été victime de maltraitance ? Il n'aurait su le dire mais son mouvement avait été vif et spontané.

— Bon ok, je me dépêche, je n'en n'ai pas pour longtemps. Ne commets pas d'imprudence, hein ?

Il regarda alentour et remarqua un club de plongée à environ trois cents mètres de là. Il s'y précipita et demanda où il pourrait se restaurer. Un vieillard buriné par le soleil montait la garde assis sur sa chaise devant la porte fermée du club.

— Le centre est fermé, revenez plus tard ! Lui dit-il dans un sabir de français et d'anglais teinté de créole.

— Excusez-moi, je ne viens pas pour plonger, je voudrai juste savoir où je pourrai trouver un sandwich ou autre chose à manger.

— Dans ce cas, vous n'avez pas à marcher bien loin, il pointa du pouce une direction dans son dos — il y a un snack à deux pas d'ici, juste à droite de la chapelle au bout du chemin.

— Je vous remercie mon brave. Ah, j'allais oublier ! J'arrive de la plage, il y a un petit qui semble abandonné là-bas. Il lui fit une description du bambin — vous ne connaitriez pas sa famille, à tout hasard ?

— Nan, ça ne me dit rien votre description, pourtant je les connais les petits qui trainent dans le coin d'habitude. Vous m'auriez dit un grand escogriffe bien blanc qui s'amuse près de la plage avec des alevins ou un petit joufflu qui cherche des crevettes, j'aurai pu vous aider mais là je sèche.

— Merci tout de même pour le renseignement !

Il prit le chemin et monta en direction de la chapelle. Sur l'allée la végétation était luxuriante. De grands palmiers l'abritaient du soleil de plomb de ce début d'après-midi. Il trouva aisément le snack qui était en fait un cabanon agencé pour la saison estivale. La commerçante, fort agréable à regarder au demeurant dans son paréo bariolé, lui proposa un plat à base de riz et de poulet épicé, ce qu'il accepta volontiers. Il lui expliqua qu'il était pressé et qu'il n'avait pas le temps de consommer sur place. Pas de problème, elle le lui servit dans une barquette afin qu'il puisse l'emporter et lui donna des couverts en plastique qu'il pourrait utiliser au besoin. Comme il l'avait fait précédemment avec le vieillard, il lui posa la même question et obtint curieusement la même réponse.

Interloqué, il regagna la plage au petit trot et s'installa à l'endroit où il avait vu le petit. Celui-ci n'était plus là. Il se reprocha de l'avoir laissé seul, maintenant il n'avait plus vraiment d'appétit. Il ouvrit tout de même l'emballage et huma l'odeur du plat encore chaud en fermant les yeux. Il aimait ces senteurs de colombo, de massala, de coriandre et de curry. Elles avaient le pouvoir de le faire voyager mais aujourd'hui il était sur le lieu de ses songes. Il rouvrit les paupières. Le petit était revenu.

— Mais où étais-tu passé ? Il ne faut pas me faire des frayeurs comme cela. Tu as faim ? Tu veux un peu de poulet ?

Il n'attendit pas sa réponse et lui donna une part de son plat. Ils mangèrent côte à côte, en silence. Seul le ressac des vagues venait de temps à autre interrompre cette communion.

Les jours passèrent, il n'arrivait pas à se décider à lever l'ancre. Le petit n'avait personne pour s'occuper de lui. Il l'avait observé plus d'une semaine durant et commençait à s'attacher à lui. Il prit alors une décision qui changerait le cours de sa vie. Il allait l'adopter.

Il se renseigna auprès de l'administration. Il opta pour une adoption simple, il ne voulait pas couper le lien de filiation avec sa famille d'origine, si tant est qu'il puisse la retrouver un jour. On lui dit que ce ne serait pas simple. Il comprit le message et sortit quelques coupures de billets pour aider un juge à accélérer les formalités et à apposer ses tampons au bon endroit. Trois semaines plus tard, le petit prenait l'avion à ses côtés à l'aéroport de Victoria, direction la France. Patrick Lacaze profita du temps de vol pour expliquer à son petit protégé la nouvelle vie qui l'attendait, sa situation familiale et surtout sa propre réussite professionnelle.

— Tu verras comme tu seras bien à mes côtés. Quand tu seras plus grand, je t'emmènerai avec moi au bureau. Mais pour l'heure j'ai d'autres ambitions pour toi. Je t'ai vu nager dans la mer, tu as des facultés hors norme pour un petit gars de ton âge et je suis sûr qu'on va faire quelque chose de toi.

Quel âge pouvait-il bien avoir ? Il n'aurait vraiment su le dire. Maintenant que ses enfants étaient grands il aurait bien eu du mal à faire un pronostic fiable. Peu importe, ça n'avait pas vraiment d'importance finalement.

— J'ai réfléchi et j'ai pensé à un prénom pour toi. Que dirais-tu d'Uhaino ? C'est joli non ? Je trouve que ça t'irait bien.

Il l'observa pour voir sa réaction. Le petit ne répondit pas mais il le regardait en hochant la tête. Patrick était heureux. Il lui passa la main sur le sommet du crâne pour le congratuler mais ce dernier était encore craintif, il était encore trop tôt pour lui.

— Uhaino, mon fils, murmura Patrick.

MEURTRE EN HAUT LIEU

Dans sa jeunesse, Patrick avait rêvé d'être le gars musclé de la classe, celui qui plait aux filles mais le destin en avait décidé tout autrement. Lui c'était une tronche ! Et comme toutes les tronches bien faites, son crédo c'était les mathématiques et la physique (et non le physique !). Tout ce qui était en rapport avec le corps lui devenait une langue étrangère. Bien plus tard, lorsque ses enfants étaient nés, il avait espéré que l'un d'eux, outre les facultés intellectuelles qu'il leur avait naturellement transmises, bénéficierait d'un bonus, d'une extra balle comme disaient les jeunes des années 80 devant leur flipper. Mais à son grand regret, aucun des deux n'avait tiré le pompon. Des tronches oui, comme leur géniteur, et un point c'est tout. Pas de rab, pas une petite miette de sportivité, nada, que dalle !

Uhaino lui, ne semblait pas posséder de capacités intellectuelles particulières mais côté physique il allait en surprendre plus d'un. Patrick l'avait prédit, ce serait un champion de natation ! Dès leur arrivée en France, il avait été immergé dans de grands bassins. Il était infatigable dans l'eau, rien ne pouvait l'arrêter ou le distraire. Son père adoptif, usant de sa notoriété, s'était arrangé pour qu'il soit seul pour s'entrainer. Uhaino ne comptait plus les allers-retours et les distances parcourues mais c'était le prix à payer pour devenir le meilleur. Ses chronos s'amélioraient de semaine en semaine et un jour il fut prêt. Personne n'avait atteint de telles performances, Patrick jubilait intérieurement. Il préparait un coup de maître en secret. Du jamais vu chez les Lacaze ! Uhaino, son fils, allait lui procurer ce qu'il n'avait jamais connu sportivement. Il l'avait inscrit à la Master Pool Racing, une épreuve locale de niveau international voire mondial.

La veille de l'épreuve, il l'emmena exceptionnellement avec lui au bureau. Il le guida dans le bâtiment luxueux, un bâtiment qui faisait sa fierté. L'entrée était un plébiscite à tout ce qui pouvait se faire de plus moderne. Sols marron foncé, d'immenses tentures à fleurs pour absorber la poussière et une touche d'exotisme avec des ficus aux feuilles jaunies. Ils prirent l'ascenseur et s'installèrent dans l'immense bureau du Boss. Des tableaux de maître ornaient les murs, des vitrines installées çà et là abritaient des figurines à l'effigie de la petite sirène, un personnage de Disney. Il ne manquait aucun des personnages. Ariel la petite sirène, Eurêka le goéland, Sébastien le crabe…

— Tu vois Uhaino, un jour tout ça t'appartiendra. Je veux que tu comprennes une chose aujourd'hui, quand on devient puissant dans ce monde on peut tout se permettre, tout envisager. Regarde tous ces gens dans les couloirs, ils sont insignifiants et pourtant il contribue à notre bien-être. Demain pour toi, ce sera pareil. Quand tu seras sur ton plot de départ, dis-toi qu'à l'autre bout la gloire t'attend. Imagine alors le sentiment de puissance que cela va te procurer. Tu vas leur montrer ce que tu as dans le ventre. Tu es un Lacaze maintenant. Show must go on !

Son téléphone fixe se mit à sonner.

— Quoi, qu'est-ce-que c'est encore ?
Il cherchait du regard sur son bureau. Le téléphone émettait une sonnerie stridente et désagréable.
Il sortit le vieux Nokia portable de sa poche.

— Pascale ? Vous ne sauriez pas où est passé mon téléphone fixe, il n'arrête pas de sonner. Ce n'est pas vous qui me l'auriez déplacé ?

— Il est accroché au mur, Monsieur Lacaze, c'est pour ça qu'on l'appelle téléphone fixe.

— Ah oui ! Bien-sûr, où avais-je la tête ! Merci Pascale.

Il tendit le bras et décrocha.

— Allo ? Qui ose me déranger ?

— Salut Patrick, c'est Estéban. Ça fait deux heures qu'on vous attend. Ce n'est pas très grave en soi mais du coup les cafés ont refroidi. Vous avez oublié notre réunion ?

— Quoi, quelle réunion ? Vous n'allez tout de même pas me dire qu'on avait prévu un Comité de Direction aujourd'hui ?

— Non, là c'est une réunion sans importance sur l'éventuelle acquisition du numéro deux européen de la propreté en milieu urbain. Rien de bien stratégique. Ce n'est pas comme notre dernier Codir.

— Oui, ne m'en parlez pas, j'ai bien cru qu'on allait en venir aux mains ! Entre ceux qui voulaient un sapin de Noël Nordmann dans le hall d'entrée, ceux qui préféraient décorer les ficus et les autres qui n'en démordaient pas car pour eux un sapin en carton c'était mieux car plus écolo. Mais comme d'habitude, c'est moi qui ai eu le dernier mot. Bon, en tous cas vous avez bien fait de m'attendre, ça montre votre professionnalisme. Vous auriez juste pu m'appeler un peu plus tôt, c'est dommage pour les cafés. J'arrive tout de suite.

— Uhaino, je dois m'absenter un instant, le devoir m'appelle. Je n'en n'ai pas pour longtemps, rien de bien compliqué pour une fois. Je te confie à mes figurines, amuse toi bien mon champion.

En sortant de son bureau, il se retourna sur le pas de la porte et regarda un court instant son fils avec tendresse.

Ce que ne sait par Patrick Lacaze à cet instant précis, c'est qu'il ne le reverrait plus jamais.

DIALOGUE DE SOURD

— Allo, oui bonjour madame. Passez-moi le Ministre de l'Intérieur !

— C'est que …

— Je le connais personnellement ma petite dame, dites-lui que c'est Lacaze. C'est urgent.

— Ce n'est pas aussi simple que cela, Monsieur Lacaze, vous devez écrire un courrier et dans quelques mois nous vous contacterons.

Ce n'était pas une subalterne qui allait lui dicter la conduite à adopter.

— Vous n'imaginez même pas à qui vous avez affaire ! Un simple claquement de doigt et vous n'existez plus. Vous redevenez un parasite, c'est-à-dire personne. Faites simplement ce pour quoi vous êtes payée et passez-moi Simoni.

— Ne quittez pas, Monsieur Lacaze, je vais voir ce que je peux faire.

Et voilà que maintenant on le mettait en communication avec une propagande sur la sécurité routière.

SMS au volant, à deux doigts de la mort.

L'alcool au volant tue.

Ne buvez pas au volant, buvez au goulot.

Soudain quelqu'un décrocha à l'autre bout de la ligne.

— Allo ?

— Oui toujours Monsieur le Ministre, je ne bois jamais d'alcool, c'est juré.

— Allo ? Je n'ai pas le temps de plaisanter. Qui me demande ?

— Allo Simoni ?

— Oui, qui êtes-vous ?

— Lacaze, ingénieur des Ponts et Chaussées. Major de promo.

— Je ne connais pas de Lacaze. Au revoir monsieur !

— Si, je suis le cousin de Bixente, celui qui s'est marié l'année dernière avec Ernestine, la sœur cadette d'une amie de votre chauffeur.

— Ah, il fallait me le dire plus tôt. Sur le coup j'ai cru que c'était un canular, comme votre numéro était masqué…

— Oui, c'est vrai, j'ai la mauvaise manie de poser des post-it sur mon téléphone.

— Bon ! Qu'est-ce que je peux faire pour vous Lacaze ?

— Vous n'allez pas me croire, un évènement tragique vient d'arriver, on a assassiné mon fils.

— Ah bon, c'est vrai ?

— Oui, comme je vous vois.

— Mais qui a bien pu faire cela ?

— Je pense que c'est un coup de mes salariés ?

— Lesquels, vous avez des noms ?

— Non et c'est bien là le problème, c'est pourquoi je me suis permis de vous déranger.

— Jacques, Sophie, Aude, Vanessa, Stéphane, Romain, Pauline, Frederick, Sandrine, Emilie, Éric, Mélanie, Sylvie. Ça vous suffit ou il vous en faut d'autres ?

— Vous êtes trop fort ! Comment avez-vous fait ?

— J'ai le répertoire téléphonique de mes délégués interministériels juste sous les yeux.

— Il faut que je vérifie rapidement avec mon propre répertoire. Ce n'est pas que je veuille mettre votre parole en doute, mais si jamais ça ne colle pas, je fais quoi, vous avez un plan B ?

— Des plans j'en ai plein ma voiture. Mon GPS s'est éteint il y a quinze jours et comme le responsable de la flotte automobile est partie en congés, il faut que j'attende son retour. Je pense qu'il n'y a qu'à appuyer sur le bouton « ON » pour le réactiver mais je n'en suis pas certain. Sinon j'ai bien un plan Q mais ma femme m'interdit d'en parler en public. Je vais quand même vous donner un conseil Lacaze, c'est une information que je ne donne pas à n'importe qui car ça risquerait de la perturber et de lui donner un surcroit de travail. Appelez la police.

— Merci beaucoup, je louerai votre professionnalisme à mon ami Berthelot, je puis vous assurer que votre avancement est assuré.

— Sérieux ? Je ne savais pas que vous connaissiez le Premier Ministre !

— Je préfère que ça reste entre nous Simoni. Merci encore pour la pertinence de vos informations.

Son fils. Sa bataille. Retrouver mort dans son propre bureau.

Il n'allait pas tenir le choc.

Il lui fallait un remontant.

— Pascale, apportez moi un jus d'orange, s'il vous plait, mais quelque chose de fort.

— Non, vous ne voulez tout de même pas le …

— Si, le douze ans d'âge.

— Un problème Monsieur Lacaze ?

— Un malheur s'est abattu sur ma famille mais je ne suis en état d'en parler.

— Votre fille a perdu sa virginité ?

— Que dieu vous entende ! Non, bien plus grave que cela.

— C'est votre fils alors ? Ah ces américains !

— Non, Jean Eudes est un dur à cuire. Il a surmonté le crash boursier de 2008, c'était l'avocat personnel de Bernard Madoff, c'est peu dire. Mais il a su rebondir le bougre, aujourd'hui il travaille avec Donald Trump.

— A la maison blanche ?

— Non, à la maison bleue, adossée à la colline, on y vient à pied, on ne frappe pas ceux qui vivent là, ont jeté la clé…

— Excusez-moi, Monsieur Lacaze, mais j'ai un appel pour vous sur une autre ligne, je l'ai mis en attente.

— Qui ose me déranger un jour si sombre ?

— Je ne suis pas tout à fait d'accord avec vous Monsieur, regardez dehors, il y a un soleil resplendissant. C'est un inspecteur de police, à priori.

— Non, je ne connais pas d'inspecteur de police mais passez le moi quand même, lui aura peut-être une bonne nouvelle.

Il entendait une conversation entre deux personnes, son interlocuteur ne s'était pas rendu compte qu'il fût en ligne.

— Allo ?

La conversation se poursuivait toujours.

— Et toi tu les aimes comment les frites ?

— Oh, ma foi, ça dépend des jours, au micro-onde, au four, en friteuse.

— Allo, allo, c'est Lacaze !

— Ah, excusez-moi monsieur. Allo ?

— Non, à l'huile.

— Pardon ?

— Non, moi les frites je les préfère plutôt à l'huile.

— Monsieur Lacaze, je ne vous appelle pas pour vous demander quelles sont vos préférences culinaires. Le Ministre de l'Intérieur m'a contacté en personne pour me demander de m'occuper de votre affaire, un homicide si j'ai bien compris.

— Non, c'est un meurtre. Je suis formel sur ce point, Monsieur…

— Inspecteur Roger Apriori. Mais appelez-moi Ted !

— Mais vous en êtes sûr ou pas ?

— Sûr de quoi ?

— Sûr d'être Inspecteur !

— Mais oui que j'en suis sûr, Apriori Inspecteur de Police, c'est marqué sur ma plaque, c'est pour ça que je vous demande de m'appeler Ted, Roger Apriori c'est moins court.

— Non au contraire c'est plus long. Je viens de compter sur mes doigts.

— On est bien d'accord alors ! Ecoutez Monsieur Lacaze, si je vous dis que Ted c'est plus court, c'est que c'est plus court.

— Ok Ted.

— Non. Inspecteur Ted !

Patrick Lacaze n'avait pas l'habitude d'être poussé dans ses derniers retranchements mais il pressentait de bonnes ondes au travers de cette conversation.

— Alors Inspecteur Ted, c'est quoi votre plan ?

— Je vais tout de suite faire envoyer une équipe de la police scientifique pour des relevés et également un médecin légiste. En attendant ne touchez à rien, ne faites rien.

— Pas de problème, j'ai l'habitude.

— Pour ma part, je viendrai dès lundi auditionner vos salariés, vous en avez beaucoup ?

— Deux bons milliers selon mon estimation. Beaucoup moins selon les syndicats.

— Mais sur votre site internet j'avais cru comprendre que vous étiez cinq mille.

— Ah, encore une erreur de nos prestataires, on ne peut rien leur confier ! Voilà ce qui se passe quand on sous-traite des données sensibles et qu'on ne vérifie pas derrière.

— Ce n'est pas grave, dans un premier temps je me pencherai sur ceux qui vous sont le plus proches puis je descendrai la pyramide progressivement.

— J'ai une secrétaire qui s'y connait en pyramide !

— On verra ça plus tard, Monsieur Lacaze. Ah, j'allais oublier. Est-ce que vous pourriez me trouver un endroit au calme où je pourrai rencontrer vos salariés, disons début de semaine prochaine.

— J'ai l'endroit idéal pour ça, mon ami. Dans le sous-sol des archives. L'atmosphère y est un peu glauque comme dans les bons vieux polars, il y a même un coin fermé avec une grille, une vraie salle d'interrogatoire. Le seul hic c'est qu'il y a une minuterie pour la lumière et qu'il faut sans cesse se déplacer pour la réinitialiser. Mais ne vous inquiétez pas à ce sujet, on va faire venir suffisamment d'intérimaires pour s'en occuper. Comme ça vous ne serez pas dérangé.

— A lundi Monsieur Lacaze, je commencerai par les membres du Comité de Direction et surtout pas un mot à quiconque. Il faut créer un effet de surprise.

— Entendu Inspecteur Ted, j'ai bien compris.

Patrick Lacaze sortit son téléphone portable ainsi qu'une oreillette. Il en déroula le fil sur plus de trois mètres et la positionna sur son oreille. Il consulta son répertoire, valida le numéro de son interlocuteur, posa précipitamment le téléphone sur son bureau et courut jusqu'à ce que le fil soit bien tendu.

Il avait lu dans une revue scientifique qu'il valait mieux téléphoner avec une oreillette mais pour plus de sécurité il en avait fait allonger le fil. On n'était jamais assez prudent de nos jours.

— Anaëlle, il va falloir qu'on réunisse le personnel du siège mais il ne faut pas ébruiter l'information.

— Vous pouvez m'en dire un peu plus ?

— Je veux bien eu égard à votre ancienneté de six mois chez nous, ce qui est un record pour une DRH. Je ne voudrai pas vous effrayer mais il y a un meurtrier dans notre bâtiment. Et quand je meurtrier le mot est faible ! Peut-être même un homicidier. Il faut que cette réunion soit une surprise pour tous, ça doit faire l'effet d'une bombe.

— Un meurtrier, mais c'est horrible ! Comptez sur moi, Patrick.

Cinq minutes plus tard, une fenêtre s'invitait sur l'écran d'ordinateur du Boss lui signifiant la réception d'un mail. Il était toujours ravi de recevoir un message, ça lui faisait le même effet que lorsqu'enfant il ouvrait une pochette surprise dans son joli cône de papier bariolé.

— Alors, voyons voir qui m'a écrit ? Tiens Anaëlle.

De : anaelle-barban@grupegs.com
Objet : Surprise !
Date : 7 septembre 2018 13:45
A : siege@grupegs.com

La direction vous informe d'une réunion à partir de demain 10 h.
Un interrogatoire surprise aura lieu.
Comptant sur votre présence.
Cordialement.

Anaëlle Barbant
Directrice des Ressources Humaines

Son sang ne fit qu'un tour. Ses tempes se mirent à cogner, trop de rage à évacuer d'un seul coup. Il prit son téléphone et hurla.

— Anaëlle, qu'est-ce que je viens de vous dire ?

— Ben … Anaëlle. Pourquoi Patrick ?

— Vous êtes vraiment inconsciente ou quoi ?

— Non, je suis vraiment Anaëlle. Anaëlle Barbant, votre DRH. Ah zut, elle est encore tombée !

— Quoi, votre intelligence ? Vous feriez mieux de la remettre rapidement, on a une réunion hyper importante cette semaine.

— Non, ma couronne.

— Ne me dites pas que vous avez fait une galette des rois sans m'en parler ? Ce n'est pas cool !

— Non, je parlais de ma dent.

— Excellentes réponses ! Vous venez de valider un tiers de votre prime trimestrielle, je peux vous dire qu'il y en a plein qui se seraient fait avoir. Alors, excusez-moi je prends mon petit carnet, je coche, perspicacité, 33 %.

— Oh, ce n'était pas…

— Tût tût, je sais reconnaitre la valeur du travail. Pour votre honnêteté, je valide 33 % supplémentaire.

— Mais j'ai …

— Vous m'étonnerez toujours Anaëlle. Allez tiens, pour ce bon moment passé au téléphone, je rajoute le dernier tiers de votre prime et je ne veux surtout pas vous entendre protester. Par contre, il ne faudra pas y revenir, je ne céderai pas toujours aussi facilement. Ah oui, j'allais oublier. Je suis en colère ! Vous venez de faire une méga boulette. Nom de dieu ! Qu'est-ce qu'il vous a pris d'écrire ce mail, en plus à tout le siège ?

— L'excitation ou le stress sans doute !

— Allons mon petit, il faut vous reprendre. Si vous aviez fait été plus attentive, vous vous seriez aperçue que demain c'est le week-end. Et vous savez très bien que le week-end on ne dérange pas les gens. Il ne manquerait plus que j'ai les syndicats sur le dos. Ce n'est pas le moment.

— Mille excuses Patrick, je vous promets que ça ne se renouvellera plus.

— Je l'espère Anaëlle, je l'espère.

Le lundi matin l'Inspecteur de police se présenta à l'accueil, incognito.

Florence, la standardiste était au téléphone. Sur sa droite un espace détente invitait l'étranger à patienter. Il s'installa confortablement sur un fauteuil vert bouteille et sortit un journal d'une sacoche en cuir. La standardiste discutait avec un salarié. Celui-ci venait de lui annoncer un arrêt de travail.

— Ah là là ! Ben oui, je comprends. Oh là là, ça ne doit pas être évident. C'est sûr ! Oh là là oui. Ah oui quand même ! Ah bon ? Ah là là…

Dix minutes plus tard, il se leva pour se dégourdir les jambes. Au bout d'un quart-d'heure, il avait parcouru le hall en long, en large et en travers. Il s'était amusé à suivre une ligne imaginaire sur le sol et avait fini par trouver le temps long. Il leva un index timide pour manifester son impatience.

Prenant sur elle, Florence mit fin prématurément à la conversation.

— Monsieur Sarfati, vous me raconterez votre visite chez l'urologue en détail la prochaine fois, je dois raccrocher. Allez, au revoir !

Elle scruta l'homme en imperméable. Il se trouvait maintenant à distance. Quelque chose clochait. Elle appela la secrétaire de direction.

— Madame Emery, il y a une personne qui fait les cent pas dans le hall d'entrée, chuchota-t-elle. Elle a un comportement fortement étrange.

— Vous lui avez demandé son nom ?

— Je n'ai pas osé.

— Et bien alors, faites votre travail avant de me déranger !

— Mais c'est que… comme il n'est pas très discret, j'ai deviné qui il était.

— C'est la meilleure ! Maintenant vous vous prenez pour Sherlock Holmes ?

— Non, c'est juste qu'il se déplace caché derrière un journal sur lequel il est écrit en gros titre : Apriori, l'Inspecteur mène l'enquête, avec une photo de notre bâtiment.

— Vous voyez, même les journalistes n'en sont pas sûrs. Ce n'est pas une simple standardiste comme vous qui peut l'être. Ma petite Florence, vous avez encore beaucoup à apprendre. Vous n'êtes pas prête de prendre ma place, lui lança-t-elle avec un petit rire pincé.

— Je fais quoi alors ?

— Faites le patienter, on va s'en occuper.

Une demi-heure plus tard, après quelques recommandations d'usage, Pascale Emery conduisait l'Inspecteur dans le bureau du Boss.

Il se présenta et avança dans le bureau. Des années d'enquête l'avaient amené à voir toutes sortes de choses, certaines bizarres voir loufoques mais il avait rarement eu l'occasion de pénétrer dans un tel sanctuaire. Il comprit immédiatement que ce lieu était interdit aux profanes et

qu'il était accessible aux seules personnes « sacrées ». Un marquage au sol, témoin du drame qui s'était déroulé en cet endroit, dénaturait la beauté du lieu.
L'inspecteur se déplaça dans le bureau, sous le regard compréhensif de Patrick Lacaze, afin de s'imprégner de l'atmosphère du lieu.

— Faites attention à mes piles de mails ! Je suis un grand nostalgique. Vous voulez un conseil ? Pour pouvoir se projeter en avant il faut savoir regarder en arrière. Et comme j'adore me projeter, je passe mon temps à regarder en arrière. Vous voyez cette pile ? C'est celle que je vais traiter cet été. Comme tous ceux qui seront présents au mois d'août n'auront rien à faire, moi je leur donnerai du travail. Ce sera ma contribution au bien-être de mes troupes.

Ce que l'Inspecteur avait pris au premier coup d'œil pour des colonnes de Buren étaient en fait des piles entières de mails bien alignés les uns par rapport aux autres. Un vrai travail d'orfèvre.

Un peu plus loin, un téléphone de couleur noir était fixé au mur, à côté d'un large bureau. Il s'en approcha. Des post-it s'amoncelaient à l'aplomb de celui-ci.

— C'est pour me rappeler du numéro des touches pour les lignes directes.

— Mais pourquoi Monsieur Lacaze ? C'est déjà écrit sur les touches. Regardez : Direct énergie, direct écureuil, direct auto, direct assurance.

Patrick Lacaze lui expliqua sur le ton de la confidence qu'il était myope et qu'il ne voulait pas que ça se sache. Il voulait encore faire illusion mais le temps était devenu son ennemi.

— Monsieur Lacaze, dites-moi si je me trompe, mais vous semblez aimer les voitures et les bateaux ?

— Oui, en effet, comment avez-vous deviné ? Je ne suis ni sur fadebook, ni sur toaster. Vous savez tous ces trucs de jeunes où tout le monde raconte sa vie.

— Je pense que vous vouliez dire Facebook et Twitter.

En effet j'évite de m'en servir moi aussi, je préfère travailler à l'instinct. En fait, c'est beaucoup plus simple que cela. J'ai vu la photo de vous, avec votre circuit de voitures électriques sur le fond d'écran de votre ordinateur. Et pour ce qui est du bateau, c'était encore plus facile. J'ai regardé vos chaussures. Des Loïc Perron, ça doit bien faire plus de vingt ans que je n'en n'ai pas vu. Collectionneur hein ?

— Non, je les ai achetées l'an dernier à une brocante. On m'a dit que ça allait revenir à la mode. Vous croyez que je me suis fait avoir ?

— Non. Par contre, faites attention avec les trous en dessous. Vos chaussettes pourraient ne pas s'en remettre.

— Et comme le vendeur était de bons conseils, le même jour j'ai acheté une veste verte à carreaux avec de fins liserés jaunes. Elle fait un tabac, vous verriez ! A chaque fois que je la mets, toutes les secrétaires se retournent sur mon passage.

— Je n'en doute pas. J'ai remarqué également votre collection de films dans le fond de votre bureau. Le samouraï, le guépard, Rocco et ses frères, etc… Vous êtes un fan d'Alain Delon ?

— Oui, un fan inconditionnel. Je me sers de lui, c'est mon modèle. Souvent, avant une réunion ou une intervention publique, je me passe un extrait d'une de ses œuvres, ça me donne la niaque — Patrick Lacaze n'a pas besoin de Comité de Direction, Il EST le Comité de Direction ! — Qu'en pensez-vous ? Je le fais bien hein ?

— Oui, en effet, ça fait froid dans le dos.

Apriori remercia Lacaze du temps qu'il lui avait accordé et lui demanda s'il pouvait avoir à sa disposition la liste des membres de la Direction.

Lacaze se dirigea vers son téléphone fixe et appuya sur la touche direct enretraite.

— Pascale, merci de m'apporter LA liste. Vous savez, celle qui est dans votre coffre. Après vous vous assurerez qu'ils se tiennent bien tous disponibles et qu'ils ne partent pas tout azimut dans la nature. Dites-leur que ça se passera dans les archives au sous-sol et qu'ils devront répondre aux questions de l'Inspecteur Apriori. Je ne tolèrerai aucune absence. C'est bien clair ?

— Oui Monsieur, à priori c'est clair.

— Non, Apriori c'est lui, moi c'est Lacaze.

— C'est comme vous voudrez.

Une fois seul, il s'installa à son bureau et se prit le visage entre les mains. Une musique revenait régulièrement hanter son esprit depuis le jour du drame, des paroles légères devenues une vraie torture.

Te sourire dehors à Angoulême...
Le soleil s'endort sur Seychelles
Le sable et l'aurore fleur de sel
On s'était dit des choses
Que l'on ne tiendra pas
I need your soul oho
I won't let you go oho

Quelques larmes coulèrent sur les touches du clavier de son ordinateur. Il s'était promis de l'accompagner et de tout faire pour que ses facultés exceptionnelles soient exploitées au mieux. Au lieu de cela, il avait causé sa perte. Quel gâchis !

Soudain l'écran d'ordinateur s'anima. Il y vit un présage et releva la tête.

— Uhaino, c'est toi ? Tu veux me faire un signe ?

Non, c'était un message d'Emeric, l'informaticien.

De : emeric-hochet@grupegs.com
Objet : Virus
Date : 10 septembre 2018 10:27
A : patrick-lacaze@grupegs.com

Monsieur,
Je vous ai envoyé plusieurs propositions de dates pour essayer de résoudre votre problème de virus, sauf erreur de ma part je n'ai pas eu de retour.

Cordialement.

Emeric Hochet
Responsable Informatique

Il avait en effet omis de le rappeler. C'était une bonne initiative, il allait l'en remercier.

— Emeric, merci de me relancer et de prendre soin de ma santé mais maintenant tout va bien. J'ai pris du paracétamol toute la semaine dernière, tout est rentré dans l'ordre. Plus de virus ! Par contre si vous pouviez passer me voir, j'aimerai bien que vous m'expliquiez pourquoi j'ai des choses bizarres qui se passent sur mon écran.

— Mais sans problème, Monsieur Lacaze, je peux passer tout de suite si vous le souhaitez.

— Vous devriez déjà être là !

Emeric se rua dans les couloirs et courut dans les escaliers afin de ne pas être retardé par la lenteur des ascenseurs. Il arriva la chemise trempée devant le bureau de la secrétaire de direction.

— Bonjour Madame Emery, lui dit-il hors d'haleine, je dois voir Monsieur Lacaze, il m'attend, c'est une urgence.

— Emeric, mettez des sur chaussures avant d'entrer, c'est une pièce aseptisée. Monsieur ne supporterait pas le moindre microbe dans son bureau. Voyez, il y a un distributeur juste sur votre droite.

Une fois apprêté, il pénétra dans le sanctuaire. L'air y était frais pour la saison. Une grande baie vitrée, sur la gauche, était entrouverte. Un pardessus avait été posé sur une chaise, devant la baie. Ne voyant personne, Emeric s'approcha de la chaise.

— Allez-y, entrez.

La voix provenait du fond du bureau. Patrick Lacaze se redressa de derrière son bureau.

— J'étais en train de ranger quelques mails, j'ai pris pour habitude de les éditer pour les stocker.

— Vous savez, Monsieur Lacaze, vous pourriez les stocker sur votre disque dur, ça encombrerait moins votre bureau.

— Je sais oui, mais je suis un nostalgique. J'ai besoin de toucher le papier, c'est sûrement un moyen de me rassurer et de sentir que tout est sous contrôle. Je vois ainsi le travail qui a été accompli. Vous voyez, toutes les piles là-bas, elles ont une bonne dizaine d'années. Parfois j'en sors un mail ou deux. J'aime regarder en arrière. Beaucoup vous diront d'aller de l'avant et de ne surtout pas regarder en arrière. Baliverne ! Si vous ignorez le passé, vous n'avez pas d'avenir. Mais bon, vous n'êtes pas venu ici pour prendre des cours de stratégie. Approchez donc, je vais vous montrer l'état désastreux de mon ordinateur. Il n'y a pas moyen de faire un solitaire ou un démineur sans être dérangé par toutes ces publicités. C'est comme si j'étais agressé en permanence.

Emeric se pencha et cliqua en haut à droite sur un symbole bizarre et une liste apparue comme par magie.

Le Boss regardait médusé. Il n'en croyait pas ses yeux. Pro□€Net magazine, le journal de Mickey, Notre Temps … Que des revues récemment interrogées.

— Et si vous cliquez là, Monsieur Lacaze, vous pouvez même voir le contenu des pages consultées. L'historique s'afficha spontanément à l'écran.

— Vous allez connaitre tous mes petits secrets de management, Emeric. Heureusement qu'Anaëlle vous a fait signer une clause de confidentialité.

On pouvait y voir des mannequins avec des tenues en vinyle, des gants en latex, des conseils de Picsou pour nettoyer les pièces en or et un dossier médical qui expliquait comment vivre avec une hypertrophie de la prostate.

— Emeric, vous êtes tout simplement un génie. Que dis-je ? Une pépite !

— Oh ce n'était pas si …

— Ne vous sous-estimez pas. Je suis certain que cela vous a demandé des années d'études pour maitriser tout ça. Vous ne pourriez pas faire revenir mon arrière-grand-mère, Alicia, à tout hasard ?

— Ben, c'est que …

— Mais non, je plaisantais ! Je sais bien que mon ordinateur n'a pas assez de mémoire.

PREMIERES INTERROGATIONS

L'inspecteur venait de descendre au sous-sol. A l'entrée de celui-ci et en bas des escaliers il avait croisé ce qu'il pensait être des vigiles mais en fait il s'agissait d'intérimaires qui avaient été missionnés pour maintenir l'endroit allumé.

A droite au pied de l'escalier se trouvait une petite pièce grillagée qui renfermait des données certainement ultra confidentielles. Des boites de taille uniforme se trouvaient çà et là sur des lignées de rayonnages. Il sortit de sa poche intérieure la clé que madame Emery lui avait confiée et ouvrit la grille. Une fois à l'intérieur, il parcourut du doigt les tranches des boites à archives.
Marie Claire, Vogue, Femme actuelle, Autorétro, Voile magazine, etc… Pas de doute, il comprenait maintenant pourquoi ces archives étaient stockées, à part, sous clé. Il était des informations qu'il ne fallait surtout pas divulguer.

Une table, une lampe de chevet ainsi qu'un téléphone avait été installée en gondole des rayonnages. Deux chaises placées de part et d'autre de la table annonçaient les duels qui allaient avoir lieu. Le téléphone se mit à sonner. Quelle idée d'avoir mis cette musique du boléro de Ravel ? Il décrocha.

— Inspecteur ? C'est madame Emery, vous savez comme la toile !

— Oui, où comme celle qui est bouchée !

— Ah bon ? J'espère que ma petite décoration vous plait. Je ne savais pas trop pour la lampe, mais comme je suis un fan inconditionnel de Derrick alors je me suis dit que ça ferait plus authentique.

— Ce n'était pas nécessaire mais je vous remercie tout de même. Une petite question ? Pour appeler une personne de la liste, je dois faire quelque chose de particulier ?

— Non, vous n'avez qu'à composer directement son numéro.

Il la remercia, s'installa confortablement et composa le numéro de la première personne qu'il souhaitait entendre. Quelques minutes plus tard, une personne descendait maladroitement des escaliers qu'elle semblait découvrir pour la première foi.

— Monsieur Constant, je vous en prie, venez me rejoindre derrière la grille.

— C'est une cage de Faradey ?

— Non, ne vous inquiétez pas. Je ne pense pas que ce qu'elle recèle fasse beaucoup d'étincelles. Mais je vous en prie, lui dit-il, en désignant la petite chaise d'écolier qui faisait face au bureau.

Estéban Constant tira la chaise à lui et s'installa à califourchon.

— Vous pratiquez l'équitation ?

— Non, pourquoi cette question ?

— Votre position, sur la chaise.

— Ah ça ! Non, j'ai toujours rêvé de rejouer la scène d'Al Pacino dans Hangman.

— J'aime bien votre franchise, monsieur Constant, alors on va commencer en douceur.

— Nom, prénom et matricule, s'il vous plait.

— Constant, Estéban, réformé P4*, je n'ai pas fait l'armé.

— Tiens, comme moi ! Attention, vous avez fait tomber votre portable.

— Non, ce n'est pas moi, ce n'est pas de ma faute, je suis sûr que c'est lui, dit-il en montrant du doigt le vigile intérimaire qui était au pied de l'escalier.

— Monsieur Constant, connaissez-vous le site internet « 3615 mauvaise foi » ?

— Un peu comme tout le monde, ça m'arrive parfois de consulter leur rubrique « Jamais pris au dépourvu », on y trouve des tas d'informations qui peuvent être utiles.

— Hum, intéressant. Je vais vous poser une série de questions, Monsieur Constant, mais attention il y a peut-être des pièges.

— Si je vous dis : Pierre ?

— Papier !

— Feuille ?

— Ciseaux !

— Vous avez gagné, le papier recouvre la pierre et les ciseaux coupent la feuille, notre entretien est terminé. Vous pourriez demander à monsieur Petitjean de me rejoindre ?

— Ah bon, c'est déjà fini. Mais bien sûr Inspecteur, C'est comme s'il était déjà là.

* réformé pour problèmes psychologiques niveau 4

L'inspecteur attendit plus d'une heure lorsqu'il entendit une personne ouvrir la porte en haut de l'escalier.

— Monsieur Petitjean, je ne vous attendais plus !

— Mais comment vous avez deviné que c'était moi ?

Il vit une personne descendre difficilement les marches, le souffle court, les bras chargés de revues fiscales.

— J'ai tout simplement demandé à monsieur Constant de vous inviter à me rejoindre.

— Ah bon, il ne m'a rien dit. Vous avez de la chance, je venais archiver des revues qui ne me servent à rien et qui commençaient à encombrer sérieusement mon bureau.

— De toute manière j'aurai bien fini par vous appeler. Mais je vous en prie, déposer vos revues, je ne suis plus à cinq minutes près.

Il l'entendait se plaindre du rangement des boites à archives.

— Regardez-moi ça ! Non, mais, qu'est-ce que... Ils m'ont sorti toutes mes revues culinaires pour récupérer mes boites. Si je trouve celui qui a fait ça, il va passer un sale quart d'heure !

— Monsieur Petitjean, on pourrait commencer ?

— Euh, ça ne dure pas trop longtemps au moins ? Car sinon je risque de faire une crise d'hypoglycémie.

— Je ne peux pas vous dire, cela dépendra de vos réponses.

— Dans ce cas, je vous demande juste une minute supplémentaire. Je remonte vite fait les escaliers, il y a le bureau de la paie à deux pas, je sais où les filles planquent leurs friandises, j'ai l'habitude d'y faire des excursions incognito en fin de journée. A tout de suite.

Il revint tout aussi vite qu'il était parti, la poche de sa veste déformée par le poids de son larcin.

— Elles n'y verront que du feu ! Ses joues, elles aussi étaient déformées.

— Allez monsieur Petitjean, on ne va pas y passer toute la matinée non plus. Je vous demanderai de me répondre simplement, sans emphase. Nom, prénom et matricule, s'il vous plait.

— Petitjean, Didier, matricule 243890, 1ère classe affecté au régiment d'infanterie de Disneyland Paris.

— Non, incroyable ! J'y avais un ami de promotion, un gars super. Mickey qu'il s'appelait, il venait d'Amérique. Il avait une malformation aux mains, il n'avait que quatre doigts. Vous l'avez rencontré vous aussi ?

— Non, jamais entendu parler, ça ne me dit absolument rien.

— Allez, on attaque.

Pourquoi "séparé" s'écrit-il tout ensemble alors que "tout ensemble" s'écrit séparé ?

— Ben, euh…

— Pourquoi les établissements ouverts 24 heures sur 24 ont-ils des serrures ?

— Euh… Je…

— Mais non, je vous fais une blague, juste pour voir votre réaction. Bon, je vais être sympa avec vous, mais il va falloir être très attentif cette fois. Si je vous dis : pic nic douille c'est toi l'andouille. Que me répondez-vous ?

— Ben, c'est celui qui l'a dit qui l'est !

— Très bonne réponse Monsieur Petitjean, et bien vous voyez, je ne vais pas vous retenir plus longtemps. Je pense qu'on sait tout dit.

— Cool ! Je peux garder les bonbons qu'il me reste ?

— Oui, oui. Bonne fin de journée à vous.

Il le regarda s'éloigner dans l'escalier et consulta sa montre. 12h45. Il était temps pour lui aussi d'aller déjeuner. Il regagna le rez-de-chaussée et alla s'enquérir auprès de la standardiste où il pouvait aller manger. Celle-ci lui répondit qu'une cantine était mise à disposition des salariés et qu'il pouvait, s'il le souhaitait, en profiter. D'ailleurs l'heure de la pause était venue pour elle aussi, il n'avait qu'à la suivre.

— Oh, comme c'est gentil à vous madame, ce sera avec plaisir.

Il la suivit dans un dédale de couloirs aux sols bigarrés. A y regarder de plus près, l'immeuble n'était pas aussi rutilent qu'il y paraissait, des prises pendaient par endroit, des plinthes auraient eu besoin d'un bon coup de pinceau, des dalles se décollaient. Ils arrivèrent dans un lieu qui respirait la convivialité et la bonne humeur, aux antipodes du silence voire de la tristesse qu'il avait ressenti le matin même en circulant dans le bâtiment. Ici les gens étaient détendus, tous souriaient ou riaient. Tous, sauf un. Une personne seule dans son coin, près du chauffage, le genre taciturne qui ne veut pas être dérangée et qui est là parce qu'elle n'a pas d'autre alternative. Ils s'installèrent hors de son champ de vision. L'inspecteur la désigna d'un hochement de tête.

— Un nouveau ?

— Oh que non ! C'est notre responsable comptable. Etienne Legrand. Plus de vingt ans de service. Il se donne un air comme ça, mais il n'est pas méchant. Son côté grande gueule et provocateur peut en énerver plus d'un, mais quand on gratte un peu, on se rend compte que c'est plus par maladresse que par méchanceté.

— Une maladresse qui pourrait l'amener à faire des actes répréhensibles ?

— Vous savez inspecteur, je ne connais personne ici susceptible de justifier votre présence. Je les côtoie tous plus ou moins au quotidien et j'imagine mal l'un d'entre faire… ce que vous savez.

— Je comprends madame, mais vous pourriez être surprise de ce que la nature nous réserve parfois. Des personnes bien sous tous rapports, des honnêtes gens à qui on aurait donné le bon dieu sans confession, et qui se sont révélés être de vrais dangers pour la collectivité. Nous en croisons plus que nous ne le pensons au cours de notre vie, sans les identifier, jusqu'au jour où le mal qui est en eux se réveille et agit.

L'inspecteur apprit que son guide se prénommait Florence. Elle lui raconta un peu son histoire, ses collègues, les pots de départ, les afterworks, les restaurants. Il y avait une vie dans l'entreprise et une autre, au dehors. Un côté pile, un côté face. Mais laquelle de toutes ces personnes avait un côté face assez sombre pour en arriver à commettre l'irréparable ? Il devait le découvrir.

De retour du déjeuner, il convoqua la Directrice des Ressources Humaines. Celle-ci se présenta à lui dans une belle jupe plissée, bleu marine et un chemisier blanc immaculé qui lui donnait un air de sainte. Il entra immédiatement dans le vif du sujet.

— Nom, prénom, matricule, Madame.

— Barbant, Anaëlle, je n'ai pas fait l'armée.

— Ah bon ! Comment ça, réformée ?

— Non, j'ai fait les tests mais quand j'ai commencé à leur expliquer ma motivation, au bout d'un moment ils se sont tous endormis. J'avais pourtant plein d'arguments intéressants. La naissance de l'homme, les premiers combats, les premières armes et puis un beau jour, ou peut-être une nuit, près d'un lac je m'étais endormie, quand soudain, semblant crever le ciel, et venant de nulle part, surgit un aigle noir.

— Euh… Je vous remercie, je pense qu'on va en rester là.

Il continua ainsi de suite, à interviewer tous les membres de la direction. En fin de journée, il était usé. Il serait bien rentré chez lui sans demander son reste mais il devait faire un dernier travail, un compte rendu à Patrick Lacaze. Ce dernier lui avait laissé carte blanche sur les moyens d'investigation mais il tenait à connaitre au quotidien l'évolution de son enquête.

Il lui fit part des divers entretiens de la journée et lui expliqua qu'à ce stade de la procédure il n'avait pas grand-chose à se mettre sous la dent. Il le félicita tout de même de la vivacité d'esprit de ses pairs.

Philippe Lacaze était tout sourire, malgré les circonstances.

— Merci Inspecteur, mais vous savez, je les ai triés sur le volet. Pour être franc avec vous, je n'ai aucune gloire à en tirer car j'ai fait appel à d'éminents cabinets de recrutement, les plus prestigieux de ce pays, et c'est à eux que revient tout le mérite de cette sélection. Quand je suis arrivé, il y a près de vingt ans, l'organigramme du groupe était plus large que haut. On ne savait pas qui dirigeait qui.

Il sortit une feuille de son tiroir et la lui tendit.

— Regardez maintenant comme c'est beaucoup plus clair, Inspecteur Ted.

— Ah oui, là c'est bien vertical !

— N'est-ce pas ? J'ai eu une vision un dimanche matin alors je faisais la queue dans une pâtisserie. Je regardais un gâteau de l'autre côté de la vitrine et plus je le regardais plus sa structure m'interpelait. Je me demandais comment les différentes couches de crème et de pâte feuilletée pouvaient former un tout uniforme et solidaire. Si un pâtissier réussissait ce tour de force, je pouvais le réaliser aussi. J'ai donc créé ce que j'appelle le management « millefeuille ». Vous voyez, vous mettez à la base un employé rompu à nos méthodes de travail, un bien costaud qui ne rechigne jamais, et vous lui collez une succession de responsables hiérarchiques bien mous juste au-dessus. Mais ce n'est pas tout, car si on en restait là, les mous du dessus dégoulineraient sur le bien costaud du bas et finiraient par le submerger. C'est là que moi j'interviens, avec ma Direction. Nous on appuie bien dessus, comme ça avec la pression exercée, tout devient compact et se tient bien. Qu'est-ce que vous en dites, ça vous en bouche un coin, hein ?

— Oui mais avec le temps, vous n'avez pas peur que la base de votre pâtisserie s'imbibe par l'effet de micro fissures ?

— C'est un des effets constaté à la longue mais on a trouvé une parade. On sait que la base n'apporte rien si ce n'est de supporter les couches du dessus. La partie molle, elle, au contraire apporte toutes les saveurs, toute l'onctuosité. Comme il est hors de question de sacrifier le goût, on sacrifie la base, ça nous coûte bien moins cher.

— C'est une façon de voir les choses, en effet. Monsieur Lacaze, ça ne vous dérange pas si je conserve cet organigramme pour mes futurs entretiens ?

— Non, au contraire. Aujourd'hui, vous avez eu droit au gratin, demain vous rencontrerez nos petites mains.

LE PEUPLE D'EN BAS

De prime abord, vous pourriez croire que cette frange de la population n'a d'autre utilité que de servir le peuple d'en haut. Mais notre groupe est bien au-delà de ces considérations. Le groupe permet à chacun de s'épanouir personnellement dans son travail. Il nous laisse œuvrer au quotidien dans les différentes tâches qui nous ont été attribuées. On est bien entre nous, on se serre les coudes. Dès qu'un des rouages de cette belle machine est grippé, on fait des vas-et-viens, telles des fourmis, pour trouver une solution, une issue au problème. A ce petit jeu nous sommes plutôt doués. Nous faisons preuve d'une adaptabilité dont nos supérieurs se font l'éloge. On nous demande de faire un peu plus d'heures pour faire face à une surcharge de travail, ce n'est pas un problème. Notre collègue de bureau est malade, on se fait un honneur de prendre en charge son travail, pas question de prendre un intérimaire qui nous ferait perdre du temps. On supprime des postes, qu'à cela ne tienne, on va leur montrer de quoi on est capable. Nous nous étions tellement adaptés, qu'une partie non négligeable des effectifs administratifs avait disparu. Nos supérieurs se félicitaient de la baisse des coûts structurels.

Vous pensez que l'on faisait ça pour le plaisir de les voir se remplir les poches ? Et bien non, ça aurait été trop beau. En fait, nous n'avions pas le choix. Depuis que cette nouvelle direction avait pris les rênes de notre groupe, elle ne cessait de cumuler les fausses notes et de prendre des décisions hasardeuses. Si les clients n'étaient pas contents de nos prestations, qu'à cela ne tienne, on changeait de clients. Si on perdait de l'argent sur un site de nettoyage, ce n'était pas à cause de nos tarifs mais à cause de nos ouvriers. Alors on en faisait venir d'autres bien plus performants, de très loin, peu importe les frais de déplacements exorbitants. Le client serait satisfait.

Si un nouveau concept de notre service de recherche était lancé et que personne n'en voulait, ce ne pouvait être de notre fait. Et à l'audacieux qui osait nous demander pourquoi nous nous entêtions dans cette voie, on répondait que le client s'y ferait bien, un jour ou l'autre. Puisque le Comité de Direction l'avait décidé, ça ne pouvait que réussir. Pourquoi sonder le marché ? Il n'y avait que des crétins pour faire des études de marché sur l'implantation ou la mise en place de nouveaux produits. Ce qui avait germé dans l'esprit de nos supérieurs ne pouvait souffrir d'être remis en cause. Alors, sans plus attendre, on créait de nouvelles structures dans l'espoir, qu'un jour, quelqu'un veuille bien tenter l'expérience.

Cependant, certaines personnes se posaient parfois de bonnes questions. Un jour, un centre des impôts avait appelé le service comptable pour des renseignements sur une nouvelle structure. Il essayait de comprendre l'intérêt qu'un groupe pouvait avoir à payer des conseillers depuis plus de trois ans, sans avoir effectuer un seul centime de chiffre d'affaires sur une nouvelle structure. La compta avait répété bêtement le discours qu'il lui était servi régulièrement, depuis plusieurs années, à savoir que le groupe investissait sur l'avenir.

Malheureusement les salariés ne s'en rendaient pas compte. Ce n'était qu'une bande d'ingrats qui ne voyait pas plus loin que le bout de son nez. Il n'y avait qu'à écouter les réflexions des uns et des autres. Ils ne parlaient que de leur bien-être au travail. Il ne fallait surtout pas leur crier dessus ou leur demander quoi que ce soit à la dernière minute. Ils s'adaptaient certes, mais ce n'était jamais de bon cœur. Le personnel étant en majeure partie féminin, il y en avait toujours une pour protester. Comment se faisait-il qu'en France, au vingtième siècle, les garderies ou bien encore les crèches n'acceptaient pas de rester ouvertes 24h/24. Sacré pays.

L'enquête se poursuivit jusqu'aux fêtes de Noël. Apriori avait questionné une bonne partie du personnel. Il avait bien noté çà et là des rancœurs, avait été à l'écoute de témoignages édifiants qui l'avaient marqué.
Installé dans le bureau du Boss, il regardait le sapin synthétique, songeur.

— Monsieur Lacaze, j'ai une question à vous poser.

— Je vous en prie, allez-y.

— Il ne vous manque pas une case ?

— Comment ça ? Je ne vous permets pas ! Si vous êtes venu ici m'insulter, je vais tout simplement vous demander de quitter mon bureau.

— Oh non, loin de moi cette intention. Je regardais votre calendrier de l'avant au pied du sapin et, sauf erreur de ma part, je n'ai pas vu la case du vingt-cinq décembre.

— Ah ça, c'est normal ! Elle est cachée de l'autre côté, au dos. Ainsi, je ne risque pas de me faire voler mon cadeau.

— Ah oui, forcément.

Tous les ans, juste après le buffet de fin d'année, je m'empresse de revenir dans mon bureau et je reste là devant mon sapin à prier le seigneur de toute sa bonté. Il y a quelques années, il a accompli un miracle pour moi, je me dois donc de le remercier comme il se doit. Vous faites quelque chose de particulier pour les fêtes, Inspecteur Ted ?

— Non, rien de spécial, j'ai juste prévu d'aller voir ma sœur en Savoie.

— Si vous le souhaitez, je serai heureux de vous inviter sur mon bateau, nous pourrions aller pêcher et déguster le fruit de notre pêche.

— Oh c'est que …mais pourquoi pas ?

— Je vous attendrai au port, à Saint-Jean-de-Luz, vous verrez, ce sera un moment inoubliable.

Ils se retrouvèrent quelques jours plus tard, en fin de matinée, sur le port. Le temps n'était pas au beau fixe, un petit crachin était venu ternir le paysage sous une chape de nuages bas.

Patrick Lacaze, mal rasé, portait un vieux ciré bleu nuit élimé jusqu'à la corde. L'inspecteur eut du mal à le reconnaitre tout de suite. Il lui fit penser à un vieux SDF venu faire la manche auprès de luxueux bateaux. Lacaze l'invita à le suivre au milieu des restes festifs qui jonchaient les pontons du port. Arrivés au pied d'une passerelle de bois vermoulue, il lui désigna son havre de paix.

Un vieux bateau de plaisance d'une dizaine de mètres dénaturait au milieu de hors bords et autres voiliers rutilants. Les voiles jaunies par le soleil se balançaient au gré de la houle qui ballotait la coque du bateau contre des bouées d'amarrage.

— Je vous présente Adrienne !

— Adrienne ? Euh…

— Oui, je sais, vous ne pouvez pas comprendre. Seuls les érudits de ma trempe, ceux qui ont accès à une connaissance universelle savent. Adrienne était une frégate

de la marine française, qui escortait des corvettes, des petits navires de guerre.
Allez, ne vous faites pas prier, venez me rejoindre, lui dit-il en s'engageant sur le pont. Faites attention de ne pas glisser !

Lacaze, aussi agile qu'un singe, était passé de la terre ferme au bateau en une fraction de seconde. L'inspecteur avait tenté de l'imiter mais avait bien failli finir le nez dans l'eau, victime de son embonpoint. Il devait son salut à une corde de manille, plus résistante qu'elle n'y paraissait, à laquelle il s'était accroché par réflexe. Remis de ses émotions, il rejoignit Lacaze et s'assit au niveau du cockpit. Contrairement à son apparence externe, le pont du bateau était d'une beauté à couper le souffle. Le bois, certainement une essence de teck pour ses caractéristiques marines, reflétait les gouttes de pluie qui glissaient délicatement sur ses lattes vitrifiées.

Lacaze remarqua immédiatement l'effet produit sur son invité.

— Je m'occupe personnellement de son entretien. Un peu de savoir-faire, une bonne dose d'huile de coude une fois par an et le tour est joué.

— Impressionnant, en effet. Et votre dernier entretien remonte à quand ?

— Oh, à la fin de l'été, juste avant que je ne l'hiverne au port. L'hiver, le bois doit être bien protégé pour ne pas subir les aléas climatiques. Tous les ans c'est le même rituel et ça lui va plutôt bien. Ma vieille Adrienne n'a pas l'air de s'en plaindre.

Il eut un petit rire, comme pour se féliciter lui-même.

— Je ne pense pas que nous ne sortions aujourd'hui, inspecteur. Ce fichus temps c'est plutôt bon pour la pêche mais pas trop pour mes rhumatismes. Et si nous passions à table ? Je nous ai préparés une petite recette dont vous me direz des nouvelles.

Après avoir déposé son sac de voyage dans la deuxième couchette que comptait l'embarcation, ils prirent place dans une espace cuisine-salon. L'endroit un peu exigu pour la corpulence de l'inspecteur comprenait deux banquettes se faisant face. Au milieu de celles-ci une table avait été dressée avec soin et faisait penser à un rendez-vous galant. Juste à côté, un évier côtoyait une plaque de cuisson vitrocéramique dernier cri sur laquelle une marmite laissait échapper des effluves de thym.

Lacaze leur servit un petit-chablis blanc. Il prit le pied de son verre entre le pouce et l'index et fit tournoyer le breuvage pour en libérer les aromes. Il s'en versa une bonne rasade dans la bouche et aspira le liquide pour en apprécier les saveurs.

— Hum, excellent ! C'est un cru spécialement réservé pour l'Assemblée Nationale mais comme j'ai de nombreuses relations j'ai réussi à en obtenir quelques cartons. Pour tout vous dire, ça ne me coûte pas grand-chose, ça passe dans les charges de ma holding.

Il lui avait révélé cela sur le ton de la confidence.

— Mon groupe me doit bien cela. J'estime que c'est un juste retour des choses. Ce n'est pas donné à tout le monde de diriger des milliers d'employés, il faut avoir une tête bien faite. Mais bon, je sais rester raisonnable. Habituellement c'est plutôt mes jus de fruits ou mes bouteilles d'eau que je fais acheter. J'en consomme tous les jours. Il ne faut pas avoir honte ! Vous voyez, ça ne me dérange pas de faire une note de frais pour une dépense de 20 ou 50 centimes.

— Oui, j'ai cru comprendre que vous étiez assez économe.

— Ah bon, comment ça ?

— A plusieurs reprises lorsque j'étais dans votre bureau j'ai remarqué de vielles sous-chemises dans lesquelles des factures attendaient d'être validées ou encore de vieux parapheurs pour les courriers.

— Je pensais que c'était mon DAF qui avait cafté.
J'aime bien cette méthode. Il n'est pas encore né celui qui va me forcer à signer numériquement. L'informatique, les réseaux sociaux, je n'ai pas envie d'être à la solde des américains. Ils sont au courant de nos moindres faits et gestes. Je ne risque pas de leur livrer ma vie privée. J'ai horreur des intrusions. Allez, et si on attaquait !

— Je souhaiterai pouvoir utiliser vos toilettes auparavant.

— Mais bien sûr, elles sont juste derrière vous, sur votre gauche.

L'inspecteur se leva et se dirigea vers un petit réduit. Après avoir ouvert la porte, il se retrouva les genoux contre une faïence vert pomme. Face à lui, à hauteur de tête, un hublot donnait sur le niveau de la mer. Celle-ci ondulait légèrement, la pluie semblait avoir momentanément cessé. Il regarda machinalement sur sa droite. Une étagère se démarquait des autres. Un paquet de lessive y était posé et dénotait dans l'environnement.

— Ça fait bien une éternité que je n'ai pas vu cet emballage, se dit-il.

Il écarta le carton sur le dessus et jeta un œil à l'intérieur. Le contenu ressemblait à de la lessive mais n'avait pas cette odeur caractéristique qu'il connaissait bien pour devoir laver lui-même ses effets depuis que sa femme l'avait quitté. Il en prit un grain, l'observa et l'écrasa entre ses doigts. Il regarda un instant la fine poudre blanche. Il avait un doute. Il récupéra quelques grains et les glissa dans la poche de son jean.

— Sympa la vue dans vos toilettes !

— Vous trouvez aussi ? Je ne m'en lasserai jamais. Mais c'est encore mieux en pleine mer lorsque les rayons du soleil s'immiscent dans mon antre.

Lacaze avait mis un tablier de cuisine autour de la taille et servait le contenu de la marmite. Une variété de poissons, sars et petits bars avaient été cuits au court bouillon. Leurs chairs délicates s'amoncelaient dans des assiettes creuses au milieu d'un brouet odorant.

L'inspecteur ne se fit pas prier et vint reprendre sa place sur la banquette.

— Prenez la grande cuillère, ça se déguste comme une soupe, le poisson va se détacher tout seul et venir fondre dans votre bouche.

En effet, il n'avait jamais ingéré un poisson aussi goûteux. Le bouillon légèrement épicé agrémentait idéalement le plat. Il le dégusta sans bruit.

Lacaze, lui, aspirait ses cuillérées à la manière du Glaude dans la soupe aux choux. Le suçotement produit par sa bouche était inversement proportionnel aux bonnes manières dont une personne de son rang aurait dû faire preuve.

C'était bien ça, ce qui interpelait l'inspecteur. Lacaze était une énigme à lui tout seul. Il pouvait paraître d'un raffinement ou d'une élégance extrême mais dès qu'on grattait sous le vernis ou qu'on le connaissait un peu mieux, on se rendait compte qu'il était aussi simple que le commun des mortels, voire parfois doté d'une crétinerie brute, d'une inconstance liée à son manque de confiance en lui, peut-être due à une enfance difficile. L'inspecteur réfléchissait au terme qui aurait pu définir sa personne. Quel était le qualificatif qui réunissait au mieux tout ce qui le caractérisait. Il hésita, réfléchit un instant et trouva finalement le mot. Un plouc ! Oui c'est bien ça. Lacaze était un plouc. Pas le vrai « cul-terreux », le péquenaud de base, mais un plouc tout de même. Il se donnait de grands airs, s'octroyait un passé glorieux à la tête de multinationales et un répertoire que ses concurrents se seraient arraché à prix d'or mais l'inspecteur avait enquêté sur ce passé et n'y avait trouvé aucune trace d'une quelconque réussite. Certaines zones demandaient d'ailleurs à être approfondies. Sa sœur, cadette de deux années, avait prospéré une dizaine d'année auparavant au Mexique et avait connu un certain succès dans ses affaires. Elle s'était suicidée le jour de ses quarante-cinq ans, sans que personne ne sache ce qui l'avait poussée à faire ce geste. Lacaze tirait certains de ses faits d'arme de l'histoire de cette sœur disparue. Une façon pour lui de se sentir à la hauteur de la vie qu'il se souhaitait. L'inspecteur avait remarqué à plusieurs reprises que Lacaze avait une propension à tout exagérer, cela était symptomatique chez les personnes qui avaient besoin de se rassurer en permanence. Ils trouvaient en cela une béquille sur laquelle ils s'appuyaient pour pouvoir avancer sereinement. Cette béquille les mettait en confiance et les nourrissait.

Il porta à sa bouche une dernière cuillérée et releva subitement la tête, les yeux médusés. Lacaze lapait son assiette. Il voulait être sûr de ne pas laisser une seule goutte de sa préparation.

— Extra, non ? Vous ne seriez pas contre un petit dessert ?

Sans attendre la réponse de son invité, il se leva et se dirigea vers le mini réfrigérateur.

— Alors j'ai une danette à la vanille, un yop à la fraise ou un flan au caramel si vous préférez.

— Euh… un flan au caramel, s'il vous plait.

— Ok, mais vous me laisserez tirer sur la languette pour le démouler. J'adore regarder la lave couler sur la montagne.

— … !?

Une foi le repas terminé, ils prirent un café sur le pont. Les nuages devenus moins menaçants et le ciel qui se dégageait petit à petit les avaient incités à prendre l'air.

Lacaze, avachi sur un transat, scrutait le ciel.

— Ted, vous croyez à l'astrologie ?

— Non, pas vraiment.

— Comment ça ?

— Non, c'est un concept bien trop abstrait pour moi. Je préfère me rattacher à des éléments concrets, certainement une déformation liée à ma profession.

— Et bien vous avez tort ! Vous n'imaginez même pas tout ce que je dois à l'astrologie.

— Ah bon ?

— Mes études, ma carrière, tout. Chacune de mes décisions est guidée par les astres. Je ne choisis jamais une date de réunion, une date de rendez-vous, une date d'entretien d'embauche sans m'en référer à cette science.

— Si je peux me permettre, ce n'est pas vraiment une science, plutôt une croyance, non ?

— Tut, tut ! Une science, je vous dis, qui ne laisse place à aucune interprétation.

Vous voyez, si je vous ai invité aujourd'hui, ce n'est pas un hasard. J'ai consulté les astres et la configuration céleste de ce jour et des deux jours à venir est propice au dialogue et aux découvertes.

Qui sait ? En vous reposant ici, vous allez libérer votre esprit et y voir plus clair dans tous les éléments que vous avez déjà glanés au cours de votre enquête.

— Si vous le dites !

— J'en suis certain. Scientifique, je vous dis.

Lacaze s'était levé et avait porté un toast en direction du ciel avec sa tasse de café. Puis il s'était approché du bastingage et avait regardé en contrebas.

— C'est marrant ça !

— Quoi donc Patrick ?

— Vous voyez ces poissons, morts flottant à la surface de l'eau, le ventre gonflé ? Et bien je me suis toujours demandé pourquoi ils pourrissaient par la tête.

— En effet, c'est surprenant.

Le reste du court séjour confirma à l'inspecteur son point de vue sur la personnalité bien singulière de ce personnage. Mais la suite de son enquête allait lui révéler bien d'autres surprises.

FLASHBACK

— Patrick, tu peux me passer la fourche ?
— Oui, papa.

Patrick n'a que dix ans, il accompagne son père parfois après l'école dans les jardins environnants. Il aime lorsqu'il passe les grilles de ces demeures démesurées, lorsqu'il se promène dans les allées colorées au printemps et en hume les senteurs parfumées. Cette ambiance le fascine, l'atmosphère y est bien différente de la petite masure dans laquelle il vit au quotidien.

Son père Pierre a une petite exploitation où il cultive des légumes qu'il vent sur les marchés les fins de semaine. Il a même une vache qui fait toute sa fierté et celle de sa Jeannine, une fille épousée à la hâte pour éviter que ça ne jazze dans le village.
Les jardins, c'est pour elle, c'est pour lui offrir des toilettes qu'elle met le dimanche pour se rendre à la messe.
On se demande parfois qui de sa vache ou de sa femme est le plus exhibé.

Patrick a un frère et une sœur. Bizarrement dans la fratrie personne ne se ressemble. Il y a des bruits qui courent à ce sujet mais Pierre sait fermer les bouches et figer les langues les plus mauvaises. Patrick a déjà vu des molaires se désolidariser de leur gencive pour finir dans la poussière du sol ou des arcades se gonfler sous la pression d'un poing surpuissant.

Son père, il ne faut pas trop le chauffer, surtout après un ou deux verres de vin. Combien de fois n'a-t-il pas vu ce dernier se targuer :

— Tu vois fiston, si quelqu'un te cherche des poux, laisse lui pas le temps de discuter, tu fonces et après tu lui demandes des explications.

Une philosophie plus facile à adopter lorsqu'on fait près d'un mètre quatre-vingt-dix et qu'on pèse plus du quintal.

Malgré tout, Patrick aimait bien ce père quelque peu fantasque, qui a un remède à tous les problèmes. Sa stature impose le respect.

Un respect qu'il croira gagner une fois devenu adulte, non pas par la force, mais par la méprise des gens, par cette suffisance qui amène l'autre à vous éviter car celui-ci comprend rapidement que les échanges que vous pourrez avoir avec lui ne seront que de circonstance ou très superficiels.

— Patrick, alors cette fourche ?

Patrick rêvasse, il a remarqué la jeune fille de l'autre côté de la haie de buis, elle doit avoir à peu près son âge. Elle semble s'ennuyer toute seule et les observe intriguée. Elle se demande pourquoi ils sont mal habillés et pourquoi leurs visages sont burinés par le soleil. Elle comprendra

plus tard qu'il s'agissait de paysans à la solde de ses parents, venu se casser le dos pour quelques pièces.
Patrick envie cette fille qui peut se permettre de ne rien faire. Lui n'a jamais de temps pour flâner, il doit toujours courir à droite, à gauche, comme si le monde ne pouvait se passer de lui.

Pour la première fois de sa vie peut-être, il prend conscience de sa condition. Jusqu'à ce jour, il s'était senti libre, riche d'une vie sans contrainte, il devait bien aider son père régulièrement mais cela ressemblait plus à un jeu, à une cour de récréation où il laissait libre cours à son imagination déjà bien fertile. Il comprit alors que le pouvoir ce n'était pas d'avoir de gros bras. Le pouvoir c'était d'occuper une position stratégique dans une organisation, que ce soit un village, une ville, un pays. Le maire n'était-il pas celui que tous saluaient ? Il était sollicité en permanence, qui mieux que lui pouvait distribuer les bons points selon ses envies ?

Patrick serait de ceux-là, il ne pourrait en être autrement. Il travaillerait dur, obtiendrait de prestigieux diplômes et deviendrait un de ceux qui imposent le respect de par leur seule présence.

JOYEUX NÖEL

Chez EGS, de jeunes recrues ont été intégrées. Patrick les trouve marrants, c'est comme s'il avait de nouveaux jouets. Nous les anciens, on fait des paris pour savoir combien de temps ça va lui prendre pour les casser.

Il y a Samy, le dandy. Stagiaire de son état, il n'est pas rare de le croiser le matin avec sa canne parapluie, entre l'arrêt de bus et le bureau. Toujours bien mis de sa personne, il a un phrasé hérité de l'aristocratie du pays de la rillette.

Un jour, il eut l'opportunité d'assister à un show du Boss.

Oui, car à ce stade de maitrise, on ne peut plus parler d'entrevue, de réunion, ou que sais-je encore, mais d'un show. Le vrai show. Le show à l'américaine, le truc qui ne s'improvise pas, où on ne peut laisser de place à un quelconque aléa, le truc bien ficelé, qui a mijoté à feu doux des heures et qui va avoir le goût délicieux de la cuisine d'antan.

Donc, ce jour-là, notre ami Samy arrive en réunion et cherche une place où se positionner comme le ferait un chien auprès de son panier pour être installé le plus confortablement possible. Certaines personnes ayant déjà pris place, il se dirigea, où, bizarrement, personne n'avait osé se mettre.

En face du Boss.

Il regretta très rapidement cette prise d'initiative. Le Boss le toisa et lui dit :

— Jeune homme, je vous interdis de prendre place face à moi, seules les personnes qui me servent à quelque chose ont ce privilège. Mettez-vous plutôt là-bas sur le côté, que je ne vous vois pas.

Samy s'exécuta. Il allait enfin assister au monologue du Boss. Il avait entendu dire que le jeu en valait la chandelle mais un tel niveau de maitrise il n'osait y croire. Tout le monde restait bouche bée à boire les paroles du maitre. Tel un gourou devant ses adeptes, il les abreuvait de son savoir, de sa philosophie, de son pragmatisme. Tout était bon pour galvaniser son auditoire : références bibliques, astrales, politiques, petites exagérations, petits mensonges…

Tous hochaient la tête en signe d'assentiment, comme s'ils le remerciaient. Ils sortiraient de la réunion remontés à bloc, prêt à en découdre avec la première petite tracasserie qui se mettrait en travers de leur journée.

Il y a également les filles de la formation, les drôles de dames !

Astrid la picarde, avec un accent à couper au couteau. Toujours en quête d'un bon mot. Son langage est aussi fleuri qu'un champ de tournesol au printemps. Elle qui se dit en friche !

Sa commère Paula, originaire d'un comté Suisse est tout son opposé. Assez discrète, elle se met rarement en avant. Frère Tuck avait un petit faible pour elle et plus particulièrement pour ses chaussures. Etait-ce par fétichisme ou par maladresse, il ne cessait de faire référence à ces dernières. Cela la mettait mal à l'aise. Il semblait s'en amuser.

Marianne, c'est la râleuse. Une vraie petite boule de nerf. Elle me fait penser à une boule de flipper qui part dans tous les sens et qui explose les targettes une par une. Toujours à vanner !

Enfin, Léonille. Quelque peu naïve, elle s'extasie de tout et sourit toujours. Elle a toujours des tenues bizarrement coordonnées avec des couleurs qui ont certainement été à la mode, un jour. Mais comme disait le Boss Pat, les goûts et les couleurs, ça va ça vient.

Elles avaient toutes eu le droit, à un moment ou à un autre, de rester devant la porte ouverte du Boss, comme un chien l'aurait fait en cours de dressage, impatient à attendre que son maitre lui fasse un signe. Ils les avaient jaugées de loin, s'amusant de la situation et leur avait fait comprendre que son antre ne saurait souffrir la présence de doryphores.

J'allais oublier, Lorie leur responsable. Le Boss avait failli la virer. Il s'était trompé sur la qualité de son CV. Il n'avait pas lu le bon thème de « Planètes Magazine » et s'en voulait. Tout ça à cause d'un courant d'air qui s'était infiltré par la baie vitrée de son bureau et avait malencontreusement tourné un feuillet référence. Il avait lu la page suivante et en avait déduit que c'était la personne idéale pour le poste. Le jour où il s'aperçut de sa bévue, il en fut tout chafouin. Il demanda à Lorie de prendre ses dispositions et de quitter l'entreprise le plus vite possible. Un an et demi plus tard, comme elle n'était toujours pas partie, il la nomma cadre. C'était ça, la méthode Lacaze, une stratégie qu'un non initié ne pouvait comprendre.

L'ENQUÊTE SE POURSUIT

Apriori convoqua Amélie, la responsable des achats, elle avait un poste centrale dans la société, elle pouvait lui être d'une aide considérable.

— Dites-moi Amélie, vous êtes au courant de tout ce qui rentre ou ce qui sort ?

Amélie se mit aussitôt à rougir.

— Euh, c'est délicat…

— De la société, je veux dire.

— Ah oui, je sais certaines choses…

— Où étiez-vous et que faisiez-vous le 4 septembre dernier ?

— Euh, je ne voudrais pas me tromper mais je devais être assise à mon bureau devant mon ordinateur à consulter ma page Facebook.

— Très bien Amélie. Toute la journée ?

— Ah non, je fais erreur ! C'est le jour où j'ai commencé à préparer mes achats de Noël. Simple déformation professionnelle ! J'ai passé la matinée sur différents sites, type Amazon. Et l'après-midi j'ai envoyé des mails à des copines pour leur demander ce qu'elles en pensaient.

— Vous avez raison Amélie, il faut toujours prendre un avis extérieur, ça conforte dans ses décisions. Je n'ai plus d'autres questions, pourriez-vous demander à Jean Loiseau de venir s'il est disponible.

Jean arriva cinq minutes plus tard au pas de course. Il l'entendit dévaler les escaliers quatre à quatre et faillir heurter un intérimaire qui venait d'appuyer pour la centième fois sur le bouton de la lumière.

— Je vous en prie, monsieur Loiseau, installez-vous confortablement, ne vous inquiétez pas, ça va bien se passer. Alors Jean, selon vous, qui aurait eu intérêt à éliminer le fils de Patrick Lacaze ?

— Quoi ? Son fils est mort ? Protesta-t'il. Je n'étais même pas au courant ! C'est toujours pareil ici, je suis toujours le dernier informé. Mais ça ne va pas se passer…

— Ne vous énervez pas Jean, ce n'est pas grave.

— Ce n'est pas grave, mais si c'est grave, c'est même très grave, faut toujours que j'aille à la pêche aux informations. Et pourquoi ce serait toujours à moi de me déplacer et pas aux autres, hein ?

— Je ne sais que vous dire, Jean.

— Et bien moi, je vais vous le dire. C'est qu' ici c'est comme si je n'existais pas, je ne suis qu'un pion et en plus j'ai la mauvaise couleur. Moi je préfère les blancs et je suis sûr que c'est pas la couleur qui m'a été attribuée. Vous voyez un jour, je laisse mon vélo en bas à l'accueil, bien en vue de tout le monde et bien ça n'a pas empêché que je me le fasse voler. Et comme par hasard personne n'avait rien vu. C'est ça oui ! Et qui c'est le dindon de la farce ? En parlant de farce, vous savez j'aime bien les bons petits plats…

— Euh, excusez-moi Jean, il est 11 h et c'est l'heure de la pause-café. Comme c'est une tradition séculaire au sein de votre société, j'ai pris l'habitude de m'y rendre, on y apprend tous les cancans. J'y ai appris bien des choses depuis quelques mois.

DU RIFIFI CHEZ EGS

Y'a une nouvelle responsable qui est arrivée chez EGS, une vraie bombe ! Elle a tout de suite tapé dans l'œil du Boss. Ancienne miss Thon du port de Saint-Jean-de-Luz, elle a un don particulier. Véritable Shiva, elle peut vous hypnotiser rien qu'avec ses mains, sans un seul regard. Tel l'indien qui par le son de son pungi impressionne les passants en envoutant un serpent rentré en hypnose, ses mains se déplacent dans des arabesques féériques, lignes sinueuses qui s'entrecroisent indéfiniment, si bien que son interlocuteur est captivé par toutes ces manipulations complexes et finit par abdiquer en oubliant le propos initial.

Le Boss l'avait vite compris. Des candidatures aussi exceptionnelles, il ne fallait surtout pas les laisser filer. Une véritable aubaine pour son groupe, elle allait révolutionner les méthodes de management. Il pourrait alors décliner cette méthode, ce modèle, à tous les services. Il en jubilait d'avance. Lui, à la tête des meilleurs services administratifs de la région après avoir déjà reçu une distinction honorifique ! Deux auparavant, ses locaux avaient été élus « plus beaux bâtiments du sud-ouest » par un consortium ayant œuvré sur les plus beaux ouvrages de la planète. Il n'était pas peu fier tous les matins en arrivant au bureau, c'était même devenu un rituel immuable. Sitôt sorti de son véhicule, il avançait lentement devant le bâtiment, le visage levé, le regard fixé sur le fronton de l'entrée, juste au-dessus de la double porte automatique coulissante. Il se recueillait une fraction de seconde sous la plaque vertueuse. « C'est en posant sa pierre que l'on contribue à bâtir le monde ». Il se souriait dans l'effet miroir de la vitre, se raclait le fond de la gorge, remontait les pans de sa veste et pouvait alors entrer en scène.

Le problème avec notre nouvelle responsable, c'est la façon dont elle s'habille. Ce n'est pas que ce ne soit pas élégant, non on ne peut pas dire ça, mais c'est comment dire … ça commence par ra.

— Raffiné alors ?

— Non plutôt ras… la moquette.

Encore faut-il qu'il y en ait une !

A en croire les collègues qui sont aux premières loges, pas facile de le savoir au travers de cette abondance de chair exposé à la vue de tous lorsqu'elle se penche pour donner ses consignes de travail.

Vanina, qui est mauvaise langue, a une toute autre explication. Selon elle, elle prend cette posture pour signifier à son interlocuteur : Parle à mon cul, ma tête est malade !

Elle est comme ça, Vanina. Assez cash.

Mais nous on fait confiance au Boss. Il a su nous démontrer par le passé la fiabilité de son jugement, il ne se trompe jamais. Son œil aguerri en déstabilise plus d'un. Vraiment trop fort notre Pat !

APRIORI TOUCHE AU BUT

L'Inspecteur relisait ses notes.

- incapacité à se conformer aux lois et normes sociales
- tendance à tromper par profit ou par plaisir
- impulsivité ou incapacité à planifier à l'avance
- irritabilité, agressivité
- mépris inconsidéré des autres
- absence de remords (est indifférent après avoir blessé ou maltraité autrui)
- a du mal à se détacher du passé

Il avait synthétisé les différentes caractéristiques mises en évidence lors de ses différents entretiens et en avait fait part à un de ses collègues, psychologue de la police judiciaire.

— Et en plus il met des costumes qui ont une vingtaine d'années, élimés jusqu'à la corde ! est-ce qu'on t'a fait part également de chaussettes trouées ou de choses dans ce genre ?

— Oui, en effet. Des chemises avec les manches en lambeau, comme s'il avait eu un accident de voiture. Tu en pense quoi Marioni ?

— Hum, ce n'est pas bon ça. C'est les cas les plus sévères. Réfractaires à tout changement. Ceux qui vivent dans le passé et qui font fi de tout progrès, que ce soit social ou autre. Les incurables, je crois que c'était ce terme qui a été utilisé. Une étude très approfondie a été menée il y a quelques années par un imminent psychologue et ce n'était pas beau à voir. Ceux qui en sont atteints peuvent te retourner le cerveau en moins de deux. Souvent très intelligents mais associables au possible, ils ont des difficultés de communication et ne peuvent se prévaloir auprès des autres qu'en les agressant. Ils entrent dans une pièce, la première chose qui entre dans leur champ de vision devient un sujet de conversation. Ça donne des situations cocasses.

— Bonjour Vicky, votre poubelle va bien ?

— ?!?

— J'en ai une dans mon bureau, elle est pleine à craquer. Va falloir songer à en acheter d'autres. Vous voulez bien vous en charger ?

— Euh, c'est que moi je m'occupe des relations sociales en principe, pas des poubelles.

— Au oui, c'est vrai. Faudra que je demande à Emeric l'informaticien, il a une corbeille vide sur son écran.

— Il faut que tu te méfies Apriori, ce sont de grands manipulateurs. Ils peuvent également déformés la réalité sans même s'en rendre compte.

— C'est bien ce que j'ai cru comprendre. Son fils adoptif avait une particularité, il ne m'en a jamais parlé, comme si cela n'avait aucune importance alors que c'est certainement ce qui l'a tué.

REVELATIONS :
BIENVENUE DANS LA QUATRIEME DIMENSION

— Mesdames, Messieurs, un peu de silence s'il vous plait. Si je vous ai réunis en ce jour, dans ce grand hall d'accueil, c'est pour vous informer le résultat de mes recherches.

J'ai été confronté à de fortes personnalités, des tendres, des gentils, des teigneux, des bosseurs, des moins bosseurs, enfin bref, cela n'a plus d'importance.

J'ai longuement observé chacun d'entre vous et le résultat que j'ai à vous communiquer est sans équivoque. Il ne pourra en aucun cas être contesté.

Je vois ça et là des mines déconfites mais n'ayez crainte, il n'y a qu'une seule personne coupable.

Et ce coupable c'est… Ariel !

— La petite sirène ? s'écria vivement Patrick.

— Non, la lessive ! dit gravement Apriori

— La lessive ? reprit en chœur le personnel présent.

Monsieur Lacaze, je vais devoir vous mettre les menottes, vous êtes poursuivi pour homicide involontaire.

Un brouhaha se rependit dans le hall. Comment était-ce possible ? Le Boss avait donc tué ce fils que personne n'avait vu. Mais pourquoi ?

Dans son obsession à vouloir tout régenter, le Boss avait oublié le principal. Ne pas mélanger les genres. Vous ne pouvez pas obliger des éléments à cohabiter. Il avait transvasé de la lessive de soude utilisée pour raviver les bois de son bateau dans un vieux baril d'Ariel. Il s'en était servi pour nettoyer l'aquarium qu'il avait ensuite amener dans son bureau ce fameux jour, pour le disposer à côté de ses figurines préférées. Ce fameux jour où il dût quitter son bureau à la hâte pour assister à une réunion vitale. Mais la vie, c'était son fils qui l'avait perdu.

Uhaino, le poisson clown n'avait pas survécu à la soude qui s'était diluée doucement dans son petit bassin. Il ne deviendrait jamais un champion comme l'avait prédit le Boss.

Dur revers pour le plus grand Président qu'une société de nettoyage ait pu connaitre !

Aux dernières nouvelles, Patrick Lacaze est interné en hôpital psychiatrique. Il s'est trouvé une résidence de luxe, à Anglet non loin de Biarritz.

Enfin, c'est ce qu'il croit. L'hôpital Mirambeau est un endroit agréable. Son slogan : Egalité, Gaieté, Santé. EGS. Ça ne s'invente pas ! Il passe ses journées à regarder pousser les orchidées qui ornent sa chambre. On l'entend parfois marmonner on ne sait pas trop quoi, c'est comme s'il se parlait à lui-même. Peut-être lui reste-t'il dans un petit coin de son esprit le souvenir de sa Grandeur. Peut-être se repasse t'il le film de sa vie comme un bon vieux film de Delon et qu'il en déjoue l'histoire à sa convenance. Qui sait ? Il n'est pas bon de finir seul sa vie, mais il y a tant de monde dans sa tête que la fête doit certainement continuer comme un carrousel illuminé sur une place pleine de gens. Patrick est dans la place !

Et moi dans tout ça ? Je suis à la retraite aujourd'hui mais je ne suis plus tout seul. J'ai trouvé chaussure à mon pied. Celle qui partage ma vie aujourd'hui a bien du mérite car je ne suis pas toujours facile à supporter. Elle est un peu distraite et étourdie parfois et ça nous fait rire. Peu de temps après mon dernier jour de travail, je me suis enfin décidé à me faire opérer de mon hernie discale. J'avais souffert en silence et attendu bien trop d'années pour réaliser cet acte chirurgical. Deux mois d'arrêt de travail pour la convalescence si je m'étais fait opérer lorsque j'étais encore actif, ce n'était pas long mais je n'avais pas voulu prendre ce temps pour moi, pour ne pas me sentir juger. Le chirurgien ne tenait plus spécialement à m'opérer, c'est moi qui lui avais un peu forcé la main. Et puis il y avait eu cette histoire de quelques millimètres. Cet infime espace qui avait changé mon quotidien.

J'écris cette histoire assis, au pied d'un chêne, face à un ruisseau qui longe notre propriété. A mes pieds un petit tas de glands. Je les regarde et je souris.

Je dois mettre un terme à ce récit, celui qui m'a permis de rester aux côtes de mes collègues, de mes amis. J'ai bien du mal à y mettre un point final.
J'entends ma femme qui vient me rejoindre.

— Encore un instant s'il te plait.

— Il faut rentrer chéri, tu vas attraper froid.

Je revois leurs sourires, j'entends leurs rires et le brouhaha des conversations du midi. J'échangerai bien quelques instants de ma vie pour revivre ces moments, retrouver l'ambiance des repas au réfectoire, revoir ces visages qui s'effacent peu à peu de ma mémoire et leur dire combien ils ont compté pour moi.
Car finalement, quelque part nous étions heureux.

— Attends mon chéri, je dois enlever tes freins.

Ma femme répète sans cesse les gestes qu'elle a appris à faire ces dernières années. Elle s'incline à mes côtés et ôte les freins qui bloquent ma position. Elle repositionne sur mes jambes le plaid écossais en laine et referme mon ordinateur portable. Puis, comme tous les jours, elle me glisse un baiser sur la joue et se met à pousser mon fauteuil.

Aujourd'hui elle a oublié de faire demi-tour et m'entraine vers le ruisseau. Je tourne la tête et regarde son visage au-dessus du mien.

— **Tu crois que c'était la bonne direction ?**

Merci à tous ceux qui ont contribué à l'existence de ce texte. Vous m'avez accompagné ligne après ligne au travers de cette folle histoire. J'en ai souri bien des fois seul devant mon écran, parfois jusqu'à une heure tardive.

Il m'est difficile de me séparer du personnage principal de cette fiction tant il est génialement déjanté.

Un merci également à tous ceux qui me liront et qui prendront du plaisir à vivre cette aventure. Qui sait, peut-être retrouverons-nous Patrick un jour ? Il y a tant à raconter !

Un merci particulier à mon premier lecteur, Gaëtan, qui a participé à la correction de ce récit.

Il ne faut avoir aucun regret pour le passé, aucun remord pour le présent, et une confiance inébranlable pour l'avenir.

Jean Jaurès

Printed in Poland
by Amazon Fulfillment
Poland Sp. z o.o., Wrocław

58993786R00070